Manon

F

F

JL

Alain Grousset

Les Passe-Vents

Illustrations de Manchu

GALLIMARD JEUNESSE

1
Le cerf-volant

Nuit noire, les pigeons n'avaient toujours pas quitté leur nid, situé tout en haut du donjon, coincé entre les murs du château et les tuiles en châtaignier. D'ordinaire, le ciel appartenait, pour deux bonnes heures encore, aux chauves-souris qui frôlaient les remparts, à la recherche d'insectes bravant l'obscurité. Mais aujourd'hui, une agitation inaccoutumée et bruyante les avait fait fuir vers des lieux plus calmes.

Inclinant leur tête, tantôt à gauche, tantôt à droite, les pigeons observaient, entre deux roucoulements inquiets, le ballet incessant des torches qui traversaient la cour intérieure du château.

Réveillé par la poigne énergique d'un palefrenier, Jaad émergea difficilement du tas de paille qui lui servait de couche.

La fraîcheur le surprit lorsqu'il quitta la bonne chaleur de l'écurie, et il frissonna à plusieurs reprises. Sa jambe gauche le fit immédiatement souffrir, et ce fut en boitillant plus que de coutume qu'il fit son entrée aux cuisines qui bourdonnaient déjà comme une ruche en colère.

– Jaad ! Te voilà enfin, fainéant ! hurla le chef cuisinier, le visage congestionné par le feu des fourneaux. Va chercher des seaux d'eau au puits ! Allez cours, boiteux de malheur !

Les aides-cuisiniers le regardèrent, le sourire méchant. Jaad contempla toute la nourriture qui s'étalait à profusion sur les grandes tables de l'office. La faim fit gargouiller son ventre, habitué aux restes de soupe, qu'on voulait bien lui donner.

– Allez file, lui murmura la vieille Hortense, en lui flanquant un seau dans les bras. Ne reste pas dans nos jambes et va faire ce que le chef t'a ordonné, sinon gare à la raclée !

En arrivant au puits, Jaad aperçut quelque chose au fond du récipient. En cachette, la brave Hortense, une des rares à lui faire preuve d'un peu d'attention, avait glissé un quignon de pain qu'il dévora avec appétit. Mais il dut faire vite et revenir en hâte à la cuisine, le seau plein d'eau. Il ne tenait pas à attiser la colère du chef cuisinier qui avait la main leste et le coup de pied rageur.

Après avoir effectué plusieurs voyages vers l'office, il dut ensuite remplir l'abreuvoir pour que les chevaux boivent jusqu'à plus soif, tandis que les palefreniers les sellaient avec soin.

Aujourd'hui était venu le temps de la « grande chasse ». Tous les hommes valides des environs se devaient d'être présents afin de servir de rabatteurs. Jaad avait déjà participé à une grande chasse, il n'aimait guère cela. C'était très fatiguant pour lui. Il s'empressa pourtant de rejoindre la troupe car il appréciait de recevoir, pour une fois, de la bonne nourriture, ce qui le changeait de l'ordinaire. Quelques minutes plus tard, il mit dans sa besace en cuir son précieux butin. Une belle tranche de pain blanc, trois oignons sucrés, et un morceau de lard fumé.

L'aube colora enfin le ciel de ses premières striures orangées. Les serviteurs et les bêtes étaient prêts, attendant dans la cour du château. Les chevaux piaffaient d'impatience en raclant le pavé de leurs sabots ferrés d'où jaillissaient parfois des étincelles. Les piqueurs jouaient du fouet pour tenter de contenir l'ardeur de la centaine de chiens rassemblés pour l'occasion.

Enfin, le seigneur Tynar sortit du donjon en compagnie de ses invités, des soldats de sa garde rapprochée et de quelques jeunes dames, plus intrépides que les autres, désireuses, elles aussi, de se mêler à la fête. D'un regard noir et perçant, renforcé par une chevelure et une barbe charbonnées, Tynar contempla ses troupes, soudain silencieuses, car l'homme était craint. Il portait de magnifiques atours pour bien montrer qu'il était le maître d'un des fiefs les plus puissants de tout le royaume. Il avait endossé un surcot à larges manches brodées d'or, très serré à la taille. Ses jambes étaient armées de cuissards d'acier afin de se protéger des éventuels coups du gibier.

Derrière lui, l'humeur était joyeuse. Les femmes riaient au milieu des beaux messieurs qui avaient hâte de se mettre en chasse.

Jaad reconnut la princesse Sheel, femme du seigneur Tynar, qui passa devant lui, ignorant comme toujours le petit peuple. Un palefrenier joignit ses mains, se pencha en avant pour que la dame puisse mieux y mettre son pied, puis il l'aida à grimper sur sa belle jument à la robe grise. Elle posa son pied droit sur l'étrier le plus court et son pied gauche dans le plus long afin de laisser pendre sa jambe sur le flanc du cheval. Une servante s'empressa d'arranger sa longue robe rouge qui recouvrit bientôt une bonne partie du dos de la monture. La princesse vérifia d'un geste de la main que sa calotte bleu et or n'avait pas glissé de son voile blanc.

Le seigneur Tynar, maintenant juché sur son destrier, paradait au milieu de ses invités. Il avait convié les autres seigneurs et leurs cours à la traque des « longs bois », les vieux cerfs mâles ; chasse qu'il organisait sur ses terres, une fois l'an. Son royaume avait la particularité de s'étendre, sur des kilomètres, le long de la Grande Faille. Il possédait en outre de bonnes terres ainsi que des bois immenses et touffus où le gibier pullulait.

Le haut prélat, chef spirituel de la religion du dieu du Vent fou, prononça la sainte prière des chasseurs et bénit la foule recueillie, chapeaux bas.

Les gentilshommes désormais à cheval, le cor sonna le début de la chasse. Les chiens aboyèrent de concert, hurlèrent à qui mieux mieux, déjà excités à l'idée de la traque qu'ils allaient mener pendant des heures dans la forêt. Les cavaliers se mirent en marche, suivis par la piétaille.

Jaad se répéta qu'il n'aimait pas la chasse aux longs bois. Il trouvait les cerfs majestueux, fiers de leur liberté, et il détestait les voir encerclés par la meute de chiens avides de sang. Cela se terminait à chaque fois par la mort horrible de la bête sous les crocs de ses assaillants. Mais on ne lui avait pas demandé son avis. Il faisait partie, comme les autres, de l'équipe des rabatteurs qui devaient pousser le gibier devant eux afin que le seigneur et ses invités n'en manquent point.

Dès la sortie du château, les chasseurs partirent d'un côté en compagnie des chiens, tandis que la piétaille prenait un autre chemin, en direction de la Grande Faille.

*

Après une bonne demi-heure de marche, les rabatteurs arrivèrent à l'orée du bois qui bordait la Grande Faille. Jaad ne put s'empêcher d'y jeter un œil. Le bout du monde était là devant lui, bruyant et menaçant. Au-delà, nul horizon ! Il n'y avait plus rien, sinon un éther blanchâtre à perte de vue. À ses pieds s'ouvrait un gouffre immense, de plusieurs centaines de mètres de profondeur. Tout au fond tourbillonnaient les flots en furie d'une mer déchaînée. Pour compléter le décor, un immense courant d'air tournoyait sans fin, à l'intérieur de la Grande Faille, à une vitesse inimaginable, rugissant en permanence. Jaad était fasciné par ce spectacle visuel et sonore, extraordinaire. Il ne comprenait pas comment les autres parvenaient à l'ignorer ; la chose leur paraissait simplement naturelle. Lui n'arrivait pas à croire que seul le néant les entourait !

La forêt l'impressionnait tout autant. Elle était

immense, peuplée d'arbres gigantesques. Une dizaine d'hommes se tenant par la main auraient eu du mal à faire le tour de certains troncs qui s'élançaient à l'assaut du ciel, sans jamais vouloir s'arrêter dans leur conquête aérienne. Sous le couvert du bois, la pénombre régnait presque, à cause du feuillage qui cachait la lumière. Par endroits, les rayons de soleil parvenaient jusqu'au sol, telles des flèches enflammées, formaient des cercles lumineux, éclairant les arbres par-dessous, ce qui accentuait l'étrangeté de cet endroit.

Le chef des rabatteurs plaça ses hommes en ligne. Jaad se retrouva à une cinquantaine de mètres du bord de la Grande Faille, ce qui lui convenait parfaitement. La faim le tenaillant, il ne put s'empêcher de grignoter un morceau de la tranche de pain qu'on lui avait distribuée pour le midi. Il espérait que la ligne des rabatteurs n'avancerait pas trop vite, à cause de sa jambe qui continuait à l'élancer.

Un coup de sifflet annonça le début du rabat-tage. Aussitôt les hommes se mirent à crier, hurler, cogner sur les troncs avec des bâtons. Le but était de faire un maximum de bruit pour effrayer le gibier et le pousser en avant, à la rencontre des chasseurs et des chiens.

Jaad surveillait les autres marcheurs, de crainte de se laisser distancer. Il lui fallait souvent s'enfoncer

dans les taillis, là, où les épines noires lui griffaient le dos, les bras et les jambes.

Ne te bute pas sur les racines, ne te coince pas les pieds dans les terriers, pensait-il à chaque pas.

Au bout de deux heures, les rabatteurs aperçurent les premiers animaux qui fuyaient à leur
approche. Jaad, qui ressentait des signes de fatigue,
vit une troupe de sangliers sortir d'un épais taillis
et courir droit devant eux. Il ne voyait aucun
lapin, ceux-ci se cachaient dans leurs terriers. En
revanche, nombre de lièvres détalaient en sautant haut par-dessus les herbes. Beaucoup de fai-
sans s'échappaient, s'envolaient en piaillant vers
les cimes des arbres. Cela ferait le bonheur des
archers et des arbalétriers.

Au loin, les aboiements des chiens commen-
çaient à se faire entendre, signe qu'ils étaient déjà
sur la piste d'un long bois. La traque se resserrait
et bientôt ce serait la curée.

En quelques minutes, la chasse prit un autre
tour. Les hurlements des chiens et le son des cors
se rapprochèrent à vive allure.

– Attention ! cria le chef des rabatteurs, le
gibier est devant nous ! Il ne faut pas le laisser
s'échapper !

La tension monta alors d'un cran. Les hommes
tinrent leurs bâtons levés pour faire peur à l'ani-

mal. Chacun sentit son estomac se nouer. Les grands cerfs, armés de leurs redoutables bois, avaient une stature immense, deux fois la taille d'un homme, et pouvaient éventrer n'importe qui d'un seul coup de tête.

Le bruit d'une course effrénée sur les feuilles mortes remplissait maintenant le sous-bois. Personne n'aurait pu dire où et quand le long bois allait apparaître, mais il était tout proche et avait sûrement déjà senti l'odeur des humains qui se tenaient face à lui. Jaad avait un peu de mal à entendre ce qui se passait à cause du Vent fou qui soufflait dans la Grande Faille, aussi était-il très attentif aux mouvements des autres rabatteurs.

Soudain, l'animal déboucha au détour d'un taillis de genêts. Il avait le souffle court et la langue pendante. De ses naseaux s'échappaient deux jets de fumée blanche. Il regarda quelques instants les rabatteurs, mais poussé par la meute et les cavaliers qui le talonnaient, il reprit sa course, parallèlement à la ligne de rabattage.

– Il se dirige vers la Grande Faille ! Vite ! Empêchez-le !

Les villageois tentèrent une manœuvre d'encerclement, mais il était trop tard. Jaad, malgré sa patte traînante, se précipita ainsi que quelques autres pour se placer entre l'animal et l'abîme. Le long bois n'hésita pas face à ce dernier jeune garçon qui tentait maladroitement de lui barrer le passage en gesticulant et criant à pleins poumons. Le cerf fonça, sans se soucier de ce ridicule obstacle. À sa suite, la meute de chiens hurlante déboucha du couvert, suivie du seigneur et ses invités.

– Il est fini ! Il ne pourra pas s'échapper ! hurla Tynar en forçant sa monture.

Le cerf ne ralentit pas un instant sa course. Droit devant, il courut tête baissée, comme lors des joutes qu'il pratiquait avec les autres mâles pour la conquête des femelles. L'extrémité de ses bois droits toucha Jaad à l'épaule. Celui-ci pivota sous le choc et fut projeté à terre. Les premiers chiens, les plus véloces, les plus résistants, talonnaient la bête à quelques centimètres. Leurs mâchoires claquaient dans le vide à la recherche des jarrets de leur proie.

– Mais que fait-il ? s'écria alors une dame à cheval, constatant que, face au vide, l'animal ne ralentissait pas.

Le cerf plongea dans la Grande Faille, en écartant soudain les pattes. Sa peau se tendit sous le souffle violent, et il disparut en quelques secondes à la vue des spectateurs médusés.

– Un « cerf-volant » ! souffla Jaad, aussi étonné que les autres. Pour beaucoup, cet animal était mythique. C'était, aux dires des anciens, le seul animal capable de voler dans cet enfer.

Le seigneur Tynar cabra son cheval et s'arrêta, à quelques mètres du vide, au milieu des chiens désorientés qui venaient de perdre la trace du gibier. Tynar suivit des yeux le saut sans fin du cerf qui frôlait la muraille abrupte, disparaissant vers le fond du gouffre, porté par le Vent fou.

– Maudite bête ! hurla Tynar, furieux.

Les autres invités, et les villageois, massés non loin de lui, le regardaient laisser libre cours à sa colère.

– Des heures de traque pour rien !

Il faisait tournoyer son destrier, tout en criant, tempêtant. Soudain, il s'approcha de Jaad qui s'était relevé, la veste déchirée. Il s'en sortait bien, avec seulement quelques égratignures.

– Imbécile ! Gamin de malheur ! Ça s'accroche à la vie, mais c'est bon à rien.

Tynar leva sa cravache et fouetta le visage de Jaad. Le jeune garçon leva les bras pour se protéger, attendant les autres coups qui n'allaient pas tarder à tomber. Bizarrement ils ne vinrent pas. Le seigneur Tynar s'aperçut que ses invités le fixaient durement. Chacun savait que le garçon n'aurait rien pu faire pour empêcher le cerf-volant de s'échapper. Il transforma alors son rictus de haine en un rire joyeux. Il déclara sur le ton de la plaisanterie :

– Ce fut une belle traque, tout de même ! Je vous

avais promis du spectacle, celui-ci était superbe !
Allons mes amis, la chasse reprend ! Il reste plein
d'autres proies, que Diable !

L'atmosphère se détendit d'un seul coup, la tension retomba. Les chasseurs firent demi-tour tout
en bavardant et riant. Le chef de meute rassem-
bla ses chiens et les poussa à suivre une autre
piste. En quelques instants, le bruit s'éloigna, les
rabatteurs se remirent en ligne et disparurent
bien vite dans les sous-bois.

Seul Jaad resta, immobile au milieu de la clairière, dos à la Grande Faille qui rugissait, la joue
zébrée de rouge, et des larmes plein les yeux.

2
Ensemble

Jaad ne bougeait pas depuis des heures. Il avait pourtant entendu les trompes annoncer la fin de la chasse, mais il était resté assis sur un gros rocher face à la Grande Faille. De temps à autre, il frottait doucement sa joue rouge et enflée. Ce mal là, il le supportait assez bien, non c'était celui fixé dans son cœur qui le tenaillait, le broyait, lui serrait la poitrine et la gorge. Plus que la blessure infligée par Tynar, la douleur provenait de sa propre condition. Boiteux, pauvre, ignoré de presque tous, habillé de vêtements troués, il se demandait ce que pouvait lui offrir la vie. Il n'avait aucun souvenir de ses parents. Certains lui affirmaient qu'ils étaient morts de maladie, d'autres que son père avait eu un accident, que sa mère s'était alors laissée mourir de chagrin. Mais tout cela restait très vague, comme si les gens les avaient gommés de leur mémoire. La plupart du temps, ils esquivaient ses questions. Cela peinait énormément Jaad qui se sentait le fils de personne. Même avec la vieille Hortense, il n'avait rien pu savoir de plus. Un jour, il l'avait surprise en pleine conversation avec une autre servante, où elle le plaignait : « Lui, tombé si bas… ». La discussion s'était arrêtée dès qu'elle s'était aperçue de sa présence.

Il regarda, à ses pieds, ce précipice hurlant qui semblait l'appeler. Non ! Il ne sauterait pas. Il se battrait, voilà tout. Il avait l'habitude…

Jaad se sentait tellement différent des autres, non pas à cause de son infirmité ou de sa pauvreté extrême, mais plutôt dans sa manière de discerner les choses. Par exemple, Jaad était fasciné par les oiseaux. Lorsqu'il arrivait à se faire oublier, il passait le plus clair de son temps libre à les observer dans les airs. Une chose l'avait toujours intrigué. Les plus grands oiseaux, ceux qui volaient très haut, passaient au-dessus de la Grande Faille et disparaissaient dans la brume. C'était bien la preuve qu'il existait autre chose plus loin.

Un jour, alors qu'il était plus jeune de deux ans, il avait osé aborder dans un couloir du château, le haut prélat, chef spirituel du fief de Tynar. Celui-ci semblait méditer, un livre à la main. Jaad, rouge de timidité, s'était tout de même approché :

– Noble prêtre, pardonnez-moi de déranger le cours de vos illustres pensées, mais j'ai remarqué que les oiseaux volent au-dessus de la Grande Faille et s'enfoncent dans l'éther. Il doit bien y avoir, au-delà, autre chose que notre monde ? Noble prêtre, auriez-vous la bonté de m'éclairer sur ce fait extraordinaire ?

Le religieux l'avait regardé étonné, comme un ours découvrant une simple fourmi. Un sourire avait éclairé son visage. Jaad le lui avait rendu. Soudain, il s'était senti pris par une oreille et tiré vers le haut. Instinctivement, il était monté sur la pointe des pieds, mais cela n'avait pas suffi.

– Petit vaurien, avait soufflé à son oreille prisonnière le haut prélat, d'une voix calme et grave. Tu ferais mieux de travailler plutôt que de faire marcher ton imagination mal placée. Si j'entends une fois encore cette histoire, même dans la bouche de quelqu'un d'autre, je saurai d'où elle provient. Alors je m'occuperai personnellement de ton cas. As-tu bien compris ce que je viens de dire ?

– Ou… Oouuii ! avait répondu Jaad en grimaçant.

Il avait alors regardé le religieux s'éloigner, tout en se massant l'oreille en feu. Jamais plus, il n'avait parlé de cette histoire de volatiles à quiconque. Pourtant, à chaque fois qu'il apercevait un de ces beaux et grands oiseaux planer sur les hauts courants d'air pour disparaître derrière la brume du bout du monde, il restait persuadé qu'il y avait autre chose par-delà.

Finalement ce coup de cravache était salvateur. La haine qu'il éprouvait pour Tynar lui donnait assez de force pour tenter ce qu'il aurait dû faire depuis longtemps : fuir !

Fuir loin de cet endroit. Fuir pour découvrir le reste du monde !

Jaad entendit soudain un craquement de brindilles. Quelqu'un approchait ! Il vit alors la pâle figure de Shueva entourée de ses blonds cheveux.

– Jaad ! fit-elle soulagée. Mais qu'est-ce que tu fais là, à attendre Dieu sait quoi ? On s'inquiète au château. Il est tard et la nuit va vite tomber.

Jaad frissonna. Déjà ? Il n'avait pas vu passer la journée, tellement absorbé par ses noires pensées.

– Qui peut s'inquiéter de moi ? À part pour me donner du travail à faire.

– Hortense et… moi.

Jaad ne put s'empêcher d'esquisser un sourire. Oui, bien sûr la gentille Shueva. Elle avait son âge ou presque. Alors que les autres le méprisaient, le chahutaient, elle avait toujours pour lui une parole agréable, un petit sourire pour l'encourager, et, ce, malgré son bourru de père, le tonnelier, qui n'aimait guère qu'elle lui parle. Hortense et elle étaient les deux seules personnes qui lui témoignaient un peu d'affection. Shueva était venue le chercher dans la forêt, malgré sa peur. Elle méritait toute sa reconnaissance.

– Viens ! dit-elle doucement, en lui tendant la main. Il faut que tu rentres au château. Déjà que le maître est fâché contre toi, inutile de te mettre les autres à dos.

– Ne t'inquiète pas pour cela, lui répondit Jaad d'une voix ferme. Un jour je serai délivré de ce cauchemar, crois-moi.

Shueva regarda la Grande Faille. Un frisson lui parcourut tout le corps.

– Ne fais pas ça ! cria-t-elle.

Jaad se mit à rire et s'empressa de la rassurer.

– Allez viens, rentrons au château, avant que tu sois punie à ton tour.

Shueva lui attrapa la main, et, ensemble, ils prirent le chemin du retour. La forêt était déjà sombre, aussi décidèrent-ils de longer le plus longtemps possible le vide avant de couper par les pâturages et les champs qui ceinturaient le château. Celui-ci, situé sur une petite colline, surplombait de ses hauts remparts, de ses quatre tours et de son imposant donjon, le pauvre village aux maisons de bois qui s'agglutinaient les unes aux autres, de l'autre côté des douves.

3
La découverte

Depuis plusieurs semaines, Jaad s'était vu confier la tâche d'emmener paître un des troupeaux de moutons du seigneur. Il adorait cela, car, pendant ce temps-là, on le laissait tranquille en compagnie des bêtes. Aucun humain ne cherchait alors à l'humilier en lui confiant les travaux les plus ingrats. À l'aide de deux gros chiens de berger, il surveillait parfaitement les moutons. Avec de la patience, et du sel qu'il volait en cachette à la cuisine, il avait réussi à apprivoiser les deux vieilles brebis qui commandaient au reste du troupeau. Ainsi, sans cri, ni violence, comme le faisaient, hélas, certains, il maîtrisait parfaitement l'avancée des bêtes, et n'en perdait jamais. C'était d'ailleurs

la principale raison pour laquelle on l'avait auto-
risé à devenir berger.

Assis sur une grosse pierre, comme à son habitude, au bord de la Grande Faille, en limite de forêt,
il rêvassait tout en sculptant un bâton. Depuis le
coup de cravache, le jour de la grande chasse, il
ne songeait plus qu'à partir, s'enfuir vers un autre
fief, là où on le considérerait sûrement un peu
mieux. Voilà ce qu'il n'avait osé avouer à Shueva.
Mais, hélas, presque deux mois avait passé,
et Jaad n'avait pas encore trouvé le bon moyen
de s'évader de cette vie d'enfer. Car il savait que
le seigneur était impitoyable envers ceux qui ten-
taient de quitter le fief, sans autorisation. Jaad
se souvenait parfaitement, deux ans auparavant,
du châtiment subi, sur la place du château, par
un paysan qui avait eu le malheur de vouloir tenter l'expérience. L'homme avait été rattrapé, en
quelques jours, par les mercenaires du seigneur. Il
fut fouetté jusqu'au sang, puis exposé pendant
toute une journée à un pilori, sous les quolibets,
les insultes et les crachats de la population, guère
plus tendre que le maître, lorsqu'il s'agissait de
punir. Comme si cela soulageait de voir plus mal-
heureux que soi ! Le haut prélat, entouré de ses
dignitaires, avait ensuite prononcé la sentence :
la mort !

Le pauvre homme avait été traîné jusqu'au bord de la Grande Faille et, après la brève oraison d'un prêtre, face à la foule attentive, il avait été, malgré ses suppliques, poussé dans le gouffre, aussitôt avalé par le Vent fou.

Avec sa jambe vacillante, Jaad serait rattrapé en moins de temps qu'il ne faut pour le dire. Il n'avait jamais osé demander à quiconque d'où lui venait ce désavantage. Sûrement de naissance, puisque aussi loin qu'il s'en souvienne il avait toujours boité.

Se cacher parmi une des caravanes de commerçants qui voyageaient à travers l'ensemble des fiefs lui semblait déjà plus réalisable. Mais comment ne pas se faire repérer au bout de quelques jours ? Car même dissimulé entre des ballots de marchandises, il devrait forcément sortir de son abri à un moment ou à un autre. Comment les marchands prendraient-ils la chose ? Ne risquaient-ils pas de le livrer aux soldats du seigneur afin d'éviter son courroux, préjudiciable à leur commerce ?

Jaad avait beau tourner et retourner ses idées dans sa tête en perpétuelle ébullition, il ne trouvait aucune solution satisfaisante. Devrait-il se contenter à jamais de sa pauvre existence ? Jaad serra les dents de désespoir. Non ! Il n'était pas du genre à renoncer.

Soudain il entendit le bruit caractéristique d'une samare[1] descendant vers le sol en vrombissant. À cette saison, fréquenter les abords de la forêt pouvait se révéler dangereux. Certaines énormes graines de ces arbres gigantesques mesuraient jusqu'à deux mètres d'envergure. En forme d'hélice, elles tournoyaient dans les airs et pouvaient voler ainsi pendant plusieurs centaines de mètres avant de se poser au sol. Malheur à celui qui se trouvait sur leur passage. Plusieurs hommes avaient été assommés, d'autres proprement décapités sous l'effet terrible de cette faucheuse végétale. Aussi Jaad se méfiait-il. Il leva aussitôt les yeux pour voir dans quelle direction se dirigeait le projectile. La samare était encore haute dans le ciel et semblait attirée vers la Grande Faille.

Tant mieux, pensa Jaad, elle ne risquera pas, en atterrissant, de blesser le bétail qui paissait en limite de forêt.

Il suivit machinalement sa course. La samare amorça sa descente très doucement, en planant presque. Elle atteignit le gouffre à l'horizontale, frôlant le dessus du Vent fou qui rugissait, emprisonné dans la Grande Faille. Mais au lieu d'être happée par les vents furieux, Jaad eut la surprise de la voir, posée sur l'air, tournoyer lentement,

1. Fruit de l'érable dont la forme en ailes membraneuses et plates est typique.

tout près du bord, comme si elle attendait quelque chose. Ce manège dura plusieurs minutes avant qu'un courant d'air, plus fort que les autres l'emmène tout à coup hors de la vue de Jaad.

Incroyable ! La grande graine d'érable géant flottait sur les vents ! Un voile se déchira dans l'esprit de Jaad. Devant lui, s'affichait le meilleur moyen de quitter ce fief maudit. Pas une seconde Jaad ne pensa qu'il s'agissait là d'une folie. Ce fut une certitude, inscrite désormais en lui. Il tenait la solution à ses malheurs, et c'était dame nature qui la lui offrait.

*

Pendant plusieurs jours l'excitation de Jaad fut à son comble, mais il dut prendre son mal en patience. On avait besoin de lui pour une corvée de curage des douves. Toute la journée, il transporta des paniers tressés remplis de boue. Un jus noirâtre s'échappait des mailles disjointes de l'osier, coulait dans le cou lorsqu'on portait le panier sur sa tête, et ce malgré la toile de jute censée vous protéger. Au bout d'un moment les hommes se ressemblaient tous, trempés, noirs, sales et puants.

Mais tout malheur a du bon, Jaad en profita pour subtiliser un long morceau de corde qu'il cacha dans le foin, au-dessus des écuries.

Heureusement la corvée se termina, et, le lendemain, Jaad put reprendre le chemin des prés en compagnie de ses chiens et de son troupeau. Il cacha la corde sous sa pèlerine afin que personne ne s'aperçoive de son manège.

Une fois sur place, les bêtes broutant tranquillement sous la garde des chiens, Jaad partit, dans le pâturage, en quête d'une belle graine d'érable. Il ne lui fallut guère de temps avant d'en dénicher une conforme à ses souhaits. La samare était grande, régulière, sa double hélice bien nervurée et parfaitement plane. Elle ferait l'affaire. Il la souleva et la traîna avec précaution pour ne pas l'abîmer. Jaad arriva au bord de la Grande Faille et s'assit pour souffler un peu. Il en profita pour réfléchir à la suite des événements. Devait-il essayer lui-même son invention ? Comment allait-il faire pour placer correctement sa machine à voler sur les airs ? Supporterait-elle son poids ? Autant de questions qui hantaient son esprit et dont il n'avait pas les réponses.

La sagesse lui recommanda de faire des essais avec un morceau de bois qu'il attacha solidement à un bout de corde. Il décida ensuite de mettre une des ailes de la graine dans le vide, espérant qu'elle serait portée par le vent. À peine l'approcha-t-il qu'un coup de vent la happa, fit tournoyer la graine sur elle-même. Jaad eut juste le temps de sauter en arrière pour éviter d'être fauché par l'autre aile. La samare ne resta stable que quelques instants puis disparut bien vite dans les profondeurs de la Grande Faille.

Loin de refroidir les ardeurs de Jaad, cela décupla son envie de réussir. Ce premier échec fut suivi de nombreux autres. À chaque fois, Jaad apprit quelque chose de nouveau. Il sut bientôt qu'il lui fallait se mettre entre les deux ailes de la samare, à l'intérieur du V qu'elles formaient, s'approcher du bord du gouffre puis lancer en avant la graine de toutes ses forces. Il découvrit comment répartir le poids sur la graine afin de ne pas la déséquilibrer. Pour économiser sa corde, au lieu de la tronçonner en petits bouts qui se perdaient à chaque échec, Jaad avait préféré se servir de toute sa longueur, l'attachant à une branche. Ainsi, il récupérait, à chaque fois, le morceau de bois qui simulait son poids.

Il lui fallut encore une bonne vingtaine d'essais avant de parvenir à ce que la samare reste bien suspendue dans les airs, aussi longtemps qu'il le désirait. Un sentiment de fierté l'envahit. Pour la première fois de sa jeune vie, il avait réussi quelque chose par et pour lui-même.

Restait l'étape la plus dangereuse, essayer de monter lui-même sur la samare…

4
Révélations

Profitant d'un soir de pleine lune, Jaad avait dérobé une nouvelle et longue corde. Les palefreniers l'avaient cherchée plusieurs jours, promettant au voleur un terrible châtiment s'ils le découvraient. Jaad avait couru ce risque, car il tenait à avoir la longueur la plus grande possible pour pouvoir manœuvrer avec la samare. Aussi l'avait-il cachée dans la réserve de foin, là où personne n'allait. Il avait patienté une bonne semaine avant de pouvoir l'emmener avec lui près de la forêt. Enfin le jour de pluie tant attendu arriva. Il enroula la corde autour de son corps et mit sa longue pèlerine par-dessus. Personne ne s'aperçut que sa taille avait soudain doublé de volume !

Le lendemain, à la Grande Faille, une fois le

soleil revenu, Jaad noua solidement la corde à un arbre, puis fit de même autour de sa taille. Son cœur battait la chamade. Une nouvelle fois, il vérifia le bon état des nervures des ailes de la graine qu'il avait choisie avec grand soin.

Allez ! Du courage ! pensa Jaad pour se motiver.

Sans plus réfléchir aux conséquences, et avant que la peur ne lui enlève ses dernières forces, il se mit à courir, poussant la graine devant lui. Au moment de se jeter dans le vide, il ferma les yeux et cria à perdre haleine, couvrant la fureur du vent.

Lorsqu'il rouvrit ses paupières, il constata qu'il flottait dans les airs, au-dessus du gouffre bouillonnant, allongé sur la graine, une jambe sur chaque aile, les mains accrochées à l'avant de la samare. Un instant la panique le submergea, mais elle fut vite vaincue par un immense sentiment de bonheur, de victoire.

La graine semblait bien stable, légèrement secouée par les fluctuations des vents. Lentement, centimètre par centimètre, il entreprit de se relever. Évitant les à-coups, il réussit ainsi à se redresser, puis à s'agenouiller sur la samare. Il resta ainsi de longues minutes à savourer son plaisir. Dans un geste irréfléchi, il entreprit ensuite de se mettre debout. Quand il y parvint finalement, il laissa éclater sa joie !

Jaad s'aperçut bien vite qu'une légère pression

de la jambe sur l'une des ailes faisait tourner la graine dans un sens. Pour l'inverse, il suffisait de changer de jambe. En appuyant les deux, Jaad faisait jouer l'amplitude des ailes, ouvrant ou fermant à volonté le V qu'elles formaient. Cela avait pour conséquence d'augmenter ou de diminuer la portée sur les airs. La samare montait ou descendait selon ses désirs.

Peu à peu, il prit confiance en lui et commença à manœuvrer doucement la graine. Il lui fit faire un demi-tour puis s'éloigna du bord aussi loin que lui permettait la corde. Tout allait pour le mieux, il maîtrisait son engin volant. Jaad effectua ainsi plusieurs allers-retours. À chaque fois, il prenait plus d'assurance.

Soudain avant qu'il ait pu se retenir, il éternua violemment. La brusque contraction de son corps eut des conséquences dramatiques. La samare partit brusquement dans une boucle imprévisible. Jaad fut désarçonné et jeté dans le vide. Le furieux courant d'air le happa et l'entraîna à vive allure. La corde se tendit et l'arracha aux griffes du vent. Mais il fut alors plaqué durement contre la paroi. Jaad sentit une douleur aiguë à son flanc droit, la pierre lui avait râpé l'épaule et la cuisse. D'une main, il s'accrocha à la paroi, tandis qu'avec l'autre il tirait sur la corde. Ainsi, centimètre par centimètre, il remonta vers le bord de la Grande Faille.

En sueur, il parvint enfin à rejoindre la terre ferme. Il s'assit les deux jambes dans le vide, le corps meurtri et fatigué, mais le sourire aux lèvres. Il avait vaincu le vent ! Il laissa échapper un cri de défi…

*

— Où m'emmènes-tu ? demanda Shueva légèrement inquiète. Tu sais que mon père n'aime pas me voir avec toi. S'il nous surprend, je vais encore être punie.

— Nous n'en avons pas pour longtemps, lui répondit Jaad. Je tiens à te montrer quelque chose qui m'a demandé des mois d'entraînement. Tu es ma seule amie, je veux que tu sois la première à connaître mon secret.

Ils arrivèrent là où Jaad gardait ses moutons. Tout près du précipice, le garçon enleva le foin qui recouvrait une grande samare. Sans hésiter et sans s'attacher à une corde, Jaad s'élança dans le vide. Shueva poussa un cri d'horreur lorsqu'elle vit son ami disparaître dans le gouffre. Mais Jaad réapparut bien vite, souriant, heureux de sa petite mise en scène.

— Mais… Mais qu'est-ce que tu fais ?

— Tu le vois bien… Je flotte !

— C'est impossible…

– La preuve que non. Regarde, rien de plus facile.

Debout sur son immense graine, Jaad fit un demi-tour, alla très vite de gauche à droite, fit un signe de la main puis revint à son point de départ.

– Je t'apprendrais si tu veux, lui hurla-t-il…

– Non ! J'aurais trop peur, répondit Shueva, encore mal remise de sa surprise.

Elle se tordait les mains, trahissant ainsi un malaise profond.

Jaad décida de revenir sagement au bord de la Grande Faille. Il prit pied sur la terre ferme, tira à lui la samare qu'il cacha à nouveau sous quelques feuilles.

– Comment as-tu appris à faire ça ?

Jaad se mit en devoir de lui expliquer sa découverte et ensuite ses séances d'apprentissage.

– Il m'a fallu un bon moment pour apprendre comment on peut voler sur les airs. Mais je suis persuadé que n'importe qui pourrait se débrouiller avec quelques bons conseils.

– Je ne le pense pas, rétorqua Shueva. Avant tout, il faut vaincre le vertige. Moi, j'en serais bien incapable.

– Mais si ! La volonté peut tout, s'enflamma Jaad.

– Tu veux partir ? C'est ça ? demanda-t-elle d'une petite voix angoissée.

Jaad la regarda droit dans les yeux. Elle était triste.

– Qu'ai-je à espérer en restant ici ? À part la vieille Hortense et toi, nul ne se soucie de moi. J'aurai beaucoup de peine de te quitter, mais ma décision est prise. Je vais bientôt m'en aller.

– Mais pour où ?

– Je n'en sais rien, dans un autre fief, dans un autre village, dans une autre forêt, qu'importe ! Ailleurs, c'est tout ce qui compte !

– C'est vrai que tu n'es pas comme les autres. Écoute, j'ai un secret à te dire. Je l'ai appris il y a peu. Mon père, un soir de beuverie dont il est coutumier avec ses amis soiffards, a amené la conversation sur toi.

… « *Quand on pense que ce garnement était le fils d'un grand savant et qu'il dort maintenant dans les écuries.*

– *Comment c'est arrivé ?*

– *On ne sait pas trop. Romand, son père, était très estimé de Guildord notre précédent seigneur. Seulement un jour il a disparu. Plus rien ! Aucune trace ! Comme il était très curieux et toujours soucieux d'apprendre, certains ont affirmé qu'il serait tombé dans la Grande Faille. D'autres, à mots couverts, disent que sa disparition en arrangea certains…*

– *Tu veux parler de Tynar ?*

– *Chut ! Pas si fort ! Plus d'un s'est retrouvé pendu au gibet pour avoir eu la langue trop agile. Mais par le fait, à la mort de Guildord, Tynar n'avait plus per-*

sonne capable de s'opposer à sa nomination par le Roi à la tête de ce fief… »

Shueva prit le bras de Jaad pour lui prouver sa compassion. Il plongea son regard plein de détresse dans celui, si clair, de son amie. Il n'y vit qu'amour et franchise. Cela l'aida à encaisser ces révélations. Il repensa soudain à la mystérieuse phrase qu'il avait un jour entendu. « Partir de si haut pour arriver si bas ». Il comprenait mieux le silence gêné des gens qu'il tentait d'interroger. La haine lui monta aux joues. Maudit Tynar ! Il était à l'origine de tous ses malheurs, il en était persuadé !

Ils arrivèrent aux pieds du château.

Shueva regarda de nouveau Jaad droit dans les yeux. Son regard le transperça. Elle esquissa un léger sourire, elle savait qu'elle ne pouvait plus s'opposer à ses décisions. Elle se hissa sur la pointe des pieds pour déposer un baiser sur sa joue.

– Bonne chance, lui souffla-t-elle à l'oreille.

Shueva partit alors en courant vers sa maison, laissant Jaad un peu interdit face à cet élan de tendresse. Décidément cette joue en passait par toutes les couleurs !

– Je reviendrai ! lui cria-t-il avant qu'elle ne disparaisse.

Mais n'était-ce pas plutôt un défi qu'il se faisait à lui-même ?

5
La fuite

– Tu es sûr de ce que tu racontes ?

– O... Oui, Seigneur Tynar, bredouilla l'homme. Je vous le répète, j'ai suivi ma fille en cachette. Je n'aime pas qu'elle soit avec ce Jaad, aussi je voulais découvrir ce qu'ils manigançaient ensemble. Ils se sont approchés tout au bord de la Grande Faille, puis ce démon est monté sur la graine d'un grand érable et s'est jeté dans le vide où il s'est mis à flotter ! Une chose aussi incroyable que celle-ci ne s'invente pas, croyez-moi Seigneur.

Tynar laissa passer un long moment, tout en se frottant la barbe, tandis que le tonnelier s'épongeait le front, miné par l'attente.

– Je veux que tu gardes le secret absolu sur ce que tu viens de me rapporter. Si ta fille ou toi vous vous avisez d'ouvrir la bouche à ce sujet, je vous promets une mort lente et atroce.

– N'ayez crainte, Seigneur, s'empressa de répondre le père de Shueva, nous serons muets comme des poissons-lunes.

– Je l'espère pour vous, répondit Tynar.

Cela dit, il décrocha une bourse de sa ceinture et la jeta en direction du tonnelier qui l'attrapa prestement.

– Voici pour te récompenser des informations que tu m'as transmises. Maintenant file !

– Merci Grand Seigneur, merci, fit l'homme se confondant en courbettes.

Dès qu'il fut sorti, Tynar s'écria.

– Moosh, tu as tout entendu ?

– Parfaitement, Maître, répondit celui-ci en surgissant de derrière une lourde tenture grenat.

Moosh était le conseiller personnel du seigneur Tynar, l'homme de l'ombre qui ne sortait que rarement du palais.

– Et alors ? interrogea Tynar avec une pointe d'agacement.

– Certes la chose est préoccupante mais pas désespérée…

– Maudite engeance ! rugit le seigneur Tynar, en parlant de Jaad. J'ai fait assassiner son père – et également sa mère – pour m'accaparer le pouvoir et garder secrète sa trouvaille. Voilà que ce boiteux réinvente le même moyen que son père de flotter au-dessus de la Grande Faille. À croire que ce besoin d'inventer est ancré dans cette sacrée famille ! J'aurai mieux fait de l'égorger moi-même.

– Mon Seigneur, calmez-vous. Vos projets ne sont nullement remis en cause. Il suffit de se débarrasser de ce Jaad au plus tôt et tout rentrera dans l'ordre.

– Je compte sur toi pour régler ce détail. Voilà plus de dix ans que nous travaillons au projet que tu sais, aussi je ne tiens pas à ce qu'un sale gosse fiche tout en l'air.

*

Jaad fut réveillé par le grincement d'une des portes de l'écurie. Quelqu'un venait de l'ouvrir, avec excès de précaution.

Shueva ! pensa aussitôt le garçon.

La veille, il ne l'avait pas vue de toute la journée. Son père l'avait sûrement punie de son escapade en sa compagnie.

Un cliquetis métallique le fit sursauter. Ce n'était pas Shueva ! Lentement, sans bruit, il dégagea le foin qui le recouvrait, ensuite il se leva et regarda de l'autre côté de l'écurie. La porte ouverte laissait passer un rayon de lune, juste

41

assez lumineux pour entrevoir deux hommes qui avançaient avec prudence, un poignard à la main.

Jaad dormait d'ordinaire tout habillé. Il n'eut que sa veste à enfiler, puis il fouilla dans la paille à la recherche de sa besace en cuir dans laquelle il cachait ses réserves, du lard et des quignons de pain noir.

Il devait fuir à tout prix ! À coup sûr, on l'avait vu flotter dans les airs et on l'avait dénoncé à Tynar !

Jaad sortit du tas de foin et se glissa sous les jambes des chevaux qui ne bougèrent pas. Ils le connaissaient bien, et ils savaient qu'il ne leur ferait aucun mal. À quatre pattes, il avança à la rencontre de ses assaillants. Bien obligé puisque la seule sortie possible se trouvait à l'autre bout de l'écurie ! Mais ceux-ci regardaient sous chaque bête pour être sûr que Jaad ne s'y cache pas.

Il devait agir et vite !

Par bonheur, dans sa progression, il découvrit à tâtons un objet. Il s'agissait d'un crochet qui servait à tirer les bottes de foin. Il le lança alors, de toutes ses forces, devant lui. Le bruit métallique détourna un instant l'attention des deux hommes, juste le temps que Jaad se jette sous le ventre d'un autre cheval et croise leur chemin. Mais il était loin d'être sorti d'affaire. Impossible de passer par la porte ouverte de l'écurie. Des complices guettaient sûrement au dehors. Jaad ne voulait pas tomber dans leurs griffes. D'un bond, il grimpa sur la mangeoire d'un vieux percheron qui servait encore aux petits labours et il se hissa dans le grenier à foin situé au-dessus des écuries. Il traversa toute la longueur du bâtiment puis se faufila entre deux planches disjointes dans les combles de la bergerie pour redescendre par une échelle de bois.

Il marcha ensuite entre les moutons qui se mirent à bêler en le reconnaissant. Il enjamba la barrière qui les contenait et sortit dans le chemin menant aux pâturages.

Jaad s'éloigna aussi rapidement que sa pauvre jambe le lui permettait. Il prit la direction de la Grande Faille. Cette fois son départ était inéluctable. Ce qui le chagrinait beaucoup, c'était qu'il n'avait pas eu le temps de dire au revoir à son amie Shueva ainsi qu'à la brave Hortense. Mais il n'avait plus le choix !

Soudain, il entendit des aboiements dans le lointain.

– Les chiens ! pensa-t-il immédiatement. Ils ont lâché la meute !

Jaad se mit à courir. Sa patte folle le faisait horriblement souffrir. Il devait atteindre la Grande Faille ou mourir !

La meute avait trouvé facilement sa piste et s'était mise en chasse. À la vitesse où les chiens couraient, il ne leur faudrait que quelques minutes pour le rattraper.

Vite, plus vite !

Jaad, les poumons en feu, se rendit compte que jamais il n'atteindrait la Grande Faille à temps. Aussi, au lieu de se diriger vers l'immense canyon, il bifurqua soudain à gauche et courut vers son ultime chance. En quelques minutes, ignorant les branches qui lui griffaient le visage, il atteignit le petit cours d'eau dans lequel il emmenait souvent boire ses moutons. Sans hésiter, Jaad se jeta dedans et avança dans le courant. Voilà qui devrait ralentir un temps la progression des chiens. Il finit par sortir de l'eau, sauta de roche en roche afin de rendre sa piste plus difficile à repérer, puis il fonça de nouveau vers la Grande Faille.

Un calme relatif s'installa dans la forêt, et Jaad reprit espoir. Il savait parfaitement où il était. Les aboiements se faisaient plus lointains, preuve que les chiens tournaient en rond au bord du ruisseau, perdant du temps à retrouver sa trace.

Soudain, un frisson lui traversa l'échine. Là-bas, sur sa droite, il aperçut des torches. Le groupe de chasseurs s'était séparé en deux, une partie avait continué la traque tandis que l'autre moitié s'était hâtée vers le précipice et le longeait pour mieux prendre le fuyard en tenaille. Derrière lui les aboiements reprirent de plus belle. Les chiens avaient retrouvé sa piste !

Jaad souffla un grand coup. Ne pas laisser la peur le paralyser. La Grande Faille ! Elle était là, tout près. Il pouvait entendre son rugissement qui l'appelait. Il chuta une ou deux fois, mais se releva aussitôt, le souffle court. Enfin, à bout de forces, il parvint sous un grand sapin, là où il avait caché une samare géante. Il enleva frénétiquement la mousse qui la recouvrait. De toutes ses forces, il la tira, il la poussa jusqu'au bord du gouffre.

Un rayon de lune choisit ce moment pour se faufiler entre deux nuages et éclairer l'endroit.

Jaad entrevit, en se retournant, les premiers chiens qui arrivaient derrière lui, tandis qu'à sa droite, plusieurs hommes du seigneur Tynar accouraient la torche à la main.

– Ne le laissez pas s'échapper ! cria quelqu'un en l'apercevant.

Dans un dernier effort, Jaad jeta la samare dans le vide et il s'élança à son tour. Trop juste ! Ses pieds ne rencontrèrent que du vide, mais ses mains s'accrochèrent aux nervures de la graine qui se mit à tourbillonner. Le cœur de Jaad faillit exploser sous la panique, mais le garçon se garda bien de faire le moindre geste brusque qui aurait eu pour conséquence de déstabiliser la samare. Petit à petit, en prenant soin d'équilibrer la charge, Jaad reprit appui avec ses pieds sur le dessus de la graine. Il put enfin se mettre debout comme il l'avait si souvent répété.

Une douleur vive lui vrilla soudain le bras gauche. On lui décochait des flèches ! Il se rendit compte que les hommes de main, tous rassemblés au bord du gouffre en compagnie de leurs molosses, avaient regardé un temps son exhibition, fascinés. Mais constatant qu'il allait leur échapper, ils avaient décidé de l'abattre. D'autres traits le frôlèrent, aussi décida-t-il de s'enfuir. Il mit le nez de la samare dans le sens du vent, la fit descendre au niveau d'un courant porteur et s'enfuit sous une pluie de flèches qui désormais ne pouvaient plus l'atteindre.

Il était parti !

6
Norach

Jaad descendit un peu dans le courant d'air. Il prit de la vitesse et remonta d'un seul coup le long de la muraille, presqu'à la frotter. Par cette manœuvre audacieuse, il sortit de la Grande Faille et, grâce à son élan, parcourut encore quelques mètres au ras du sol, pour poser sa samare en douceur, dans une petite clairière.

Jaad s'écroula aussitôt dans l'herbe, complètement exténué. Il ne savait plus depuis combien de temps il volait dans les airs, plongé dans l'obscurité la plus noire, au milieu des rugissements du Vent fou.

Heureusement le lever du soleil lui avait permis de s'arrêter et de souffler enfin.

Ce voyage précipité et forcé dans la nuit l'avait

fait énormément progresser en quelques heures, sur son embarcation flottante. Privé de la vue, il avait dû faire confiance au reste de ses sens, sentir les courants sous ses pieds, rectifier instantanément la position de son corps pour être toujours dans le flux optimal du vent. Cent fois, mille fois, il avait cru que la tourmente allait l'engloutir, l'attirer dans les profondeurs de la Grande Faille, le fracasser le long des parois. Mais, peu à peu, Jaad avait su maîtriser sa peur au profit du plaisir de voler. Il avait plus appris en une nuit que pendant ses longues séances d'apprentissage, pratiquées en cachette lorsqu'il gardait ses moutons.

Tandis qu'il reprenait des forces, il sentit quelque chose dégouliner le long de son bras. Il était blessé ! La tension éprouvée pendant qu'il volait avait été si forte qu'il n'avait ressenti aucune douleur. Il enleva en grimaçant sa veste et sa chemise tachées de rouge pour laisser apparaître une longue estafilade faite par la flèche qui l'avait frôlé. La blessure n'était guère profonde, mais le sang sourdait encore. Jaad découpa un morceau de tissu dans le pan de sa chemise et se confectionna un pansement de fortune. Si Shueva avait été là, comme elle l'aurait bien soigné ! Une bouffée de nostalgie l'envahit soudain. Que faisait-elle en cet instant ? Pensait-elle à celui qui l'avait abandonnée ?

La faim le tenailla soudain si fort qu'elle mit un terme à ses réflexions. Toutes ces émotions lui avaient creusé l'estomac. Il fouilla dans sa sacoche et sortit un guignon de pain ainsi qu'un petit morceau de lard. Il dévora le tout à pleines dents. Pour compléter son maigre repas, il trouva, dans les fourrés environnants, quelques mûres et baies sauvages qui étanchèrent un peu sa soif. Repu, il esquissa un sourire. Oui ! Il était blessé, oui ! il fuyait, oui ! il ne savait pas où il allait, mais surtout oui ! il était heureux. Pour la première fois de sa vie, il se sentait libre ! Plus personne ne le commandait, ne le rabaissait, souvent plus bas qu'un animal. Cette liberté allait peut-être lui coûter cher, pourtant, pour rien au monde, il n'y aurait renoncé. Il avait aussi découvert que lorsqu'il volait, il n'était plus un boiteux !

Cette pensée le réconforta. Jaad se coucha sur un tapis de mousse et s'endormit aussitôt, fauché par le sommeil.

*

Durant trois jours, Jaad poursuivit son voyage. Il partait le matin dès l'aube. Il s'élançait dans la Grande Faille et s'arrêtait au milieu de la matinée. Il ne reprenait son chemin qu'en fin d'après-midi pour stopper au coucher du soleil. Il souhaitait ainsi rester le plus discret possible. Il se reposait souvent car être debout sur une samare flottante exigeait des efforts importants. Assis, il était impossible de diriger correctement l'engin volant.

Jaad prenait à chaque instant un peu plus d'assurance, jouant avec les courants, frôlant les parois du précipice, sautant d'un souffle d'air à l'autre. Son attention était constante, car en plus de tenir en équilibre au-dessus d'un ouragan, il fallait éviter toutes sortes de pièges. Comme par exemple des pierres, détachées des falaises et lancées à pleine vitesse, qui pouvaient vous percuter et vous mettre à bas de la samare en vous précipitant dans le vide. Ainsi, le deuxième jour de son périple, un projectile, gros comme un œuf de pigeon, l'avait atteint à l'épaule gauche. La surprise et la douleur lui avaient fait pousser un cri de souffrance. De justesse, il avait réussi à garder l'équilibre sur son esquif végétal. Depuis il se méfiait et évitait la crête des courants les plus forts. Mieux valait avancer moins vite mais plus sûrement. Parfois des arbres entiers, sans doute déracinés par des tempêtes lointaines, le doublaient en tournoyant sur eux-mêmes.

Jaad avait aussi rencontré des tourbillons qui se créaient derrière certains rochers un peu trop saillants. La première fois, Jaad s'était retrouvé en train de tourner, de danser en rond, sans trop savoir comment sortir de cette situation burlesque, certes, mais hautement périlleuse. Surmontant les nausées qui étaient vite apparues, il tenta de se sortir de ce labyrinthe d'air. Avec une infinie patience, à chaque tour, il écartait un bras, ce qui avait pour effet de l'éloigner un peu plus du centre du tourbillon. Enfin, après de longues minutes d'angoisse, il avait réussi à sortir sans heurt de ce cercle infernal dans lequel il avait été plongé par hasard. Il apprit à éviter dorénavant ce genre de piège.

Plus confiant dans ses capacités à bien se déplacer, Jaad décida une fois de s'approcher du grand et mystérieux rideau de brume, provenant des profondeurs de la Grande Faille, là où se trouvaient les monstrueux flots. Depuis le temps que Jaad en rêvait, persuadé qu'il existait autre chose que son monde, il chercha à traverser la Grande Faille. Il voulut imiter les grands oiseaux, mais les courants ascendants l'empêchèrent de s'approcher du brouillard qui masquait tout. Il renouvela l'expérience à plusieurs reprises, hélas ses tentatives se soldèrent toutes par un échec. Il faillit même être renversé de sa samare qui se cabra soudain, tel un cheval sauvage. Finalement, par la force des choses, il renonça à sa téméraire et folle entreprise.

La forêt bordait continuellement la Grande Faille, excepté de-ci de-là quelques clairières. Le paysage commençait à devenir monotone, mais Jaad ne s'en plaignait pas. Au moins il se sentait à l'abri des regards indiscrets. Par contre ses réserves de nourriture étaient épuisées. L'inquiétude le gagna. Comment allait-il survivre et poursuivre son périple, s'il ne trouvait pas de quoi se nourrir ? Seule bonne nouvelle, son bras cicatrisait bien et ne le faisait presque plus souffrir lorsqu'il le remuait.

*

En fin de matinée de son cinquième jour de fuite, Jaad glissait avec aisance sur un énorme courant porteur au débit régulier, mais nonchalant. Une pure promenade. Soudain, le long de la paroi, il aperçut un drapeau qui flottait, puis deux puis trois, puis des centaines. Il y en avait de toutes les couleurs et de toutes les tailles. Des petites oriflammes aux grandes bannières. Certaines étaient déchirées, seul un minuscule morceau de tissu claquait au vent. Juste un peu plus loin, Jaad aperçut les premiers toits d'une ville au milieu de la Grande Faille ! Elle était juchée sur un énorme piton rocheux qui formait comme une île. Un gigantesque pont en arc de cercle reliait la ville à la terre, en passant au-dessus du plus petit bras du Vent fou.

Était-ce Norach, la belle cité du roi, dont il avait entendu parler au château de Tynar par les marchands caravaniers ? Il chercha à s'arrêter pour se cacher, mais trop tard, il était déjà à hauteur des premières habitations. Jaad s'allongea alors sur sa samare, afin de se faire remarquer le moins possible. En quelques minutes, qui lui parurent une éternité, Jaad vit, à sa droite, défiler la ville sous ses yeux, comme au ralenti. Il passa sous l'immense pont en priant les Dieux que nul ne le remarque. Apparemment, ce fut le cas.

Dès qu'il fut un peu éloigné, Jaad constata que l'extrémité de l'île de pierre était inhabitée. Il grimpa en flèche et vint atterrir sur un éperon rocheux, quelques mètres en dessous du niveau du sol. Il coinça son frêle engin des vents dans une faille pour qu'il ne s'envole pas, puis il grimpa le long des rochers pour prendre résolument le chemin de la ville. Non sans quelque appréhension, car il ne savait pas trop quel accueil il allait recevoir. Dans le fief d'où il venait, en moins d'une demi-heure, tout le monde était au courant de l'arrivée d'un étranger. Qu'en serait-il ici ?

Il franchit d'un pas affirmé la centaine de mètres qui le séparait des premiers faubourgs de la ville. Jaad qui n'était jamais parti d'où il était né, découvrit alors avec surprise un nombre incroyable d'échoppes qui bordaient les rues. Tisserands, cordonniers, forgerons côtoyaient les estaminets, les tavernes remplies, malgré l'heure matinale, de clients attablés, une chope de bière à la main. Jaad constata avec soulagement que nul ne faisait attention à lui. Il erra un bon moment, se laissant guider par le hasard dans un dédale de ruelles, d'escaliers et de passerelles. La vue sur le canyon était magnifique. De cette hauteur, on pouvait observer que la Grande Faille tournait doucement vers la gauche, à l'horizon. Cela expliquait qu'elle se refermait sur elle-même dans un cercle infernal où les vents ne s'arrêtaient jamais. Les rares cartes qu'il avait pu apercevoir, et les non moins rares discussions avec des enfants de marchands affirmaient que le royaume des hommes était rond, entouré de partout par la Grande Faille. Comme si la nature avait voulu les enfermer.

Plus loin, en second plan, sur la droite, la muraille de brume masquait tout, malgré la hauteur de la ville. Pourtant, à y regarder de plus près, une bande de ciel bleu passait au-dessus.

Personne n'arrête les nuages et les cieux, pensa Jaad, avec bonne humeur. *Ni les oiseaux !*

Mais ses problèmes personnels étaient plus terre à terre. Il avait faim et aucun argent et n'ayant aucun argent, la seule solution consistait à travailler en échange d'un peu de nourriture. Il trouva très vite, grâce aux fumets qui vinrent lui chatouiller les narines, l'échoppe d'un boulanger. Lorsqu'il entra, il vit l'artisan occupé à enfourner des boules de pain dans son four. Il faisait chaud et cela sentait terriblement bon. Jaad crut qu'il allait se marcher sur l'estomac, tellement son ventre criait famine.

– Monsieur ! dit-il d'une voix ferme, en rassemblant tout son courage. J'ai faim et comme je ne suis pas un voleur, pourrais-je vous aider quelque temps en échange d'un peu de pain ?

L'homme le dévisagea un long moment, le jaugeant sur pied, puis, sans rien dire, lui fit signe d'approcher. Il l'entraîna dans l'arrière-cour et lui montra une hache posée sur le billot, à côté d'un immense tas de bois.

– Casse ces grosses bûches et remplis-en cet appentis. Seulement après tu auras du pain et même un bon repas.

Sur ce, il fit demi-tour et planta là Jaad.

*

Les jambes flageolantes sous l'effort, Jaad, malgré sa faim, se mit vaillamment à l'ouvrage. Heureusement il connaissait son affaire, car la corvée de bois lui revenait plus souvent qu'à son tour, au château. Il savait parfaitement sous quel angle on devait fendre la bûche pour s'éviter un maximum de peine. Deux heures plus tard, il faisait une entrée triomphante dans le fournil. Le boulanger fronça un sourcil, et toujours aussi avare de mots, se dirigea vers l'arrière-cour où il ne put que constater la tâche accomplie.

– Tu as bien travaillé, mon garçon. Monte à l'étage, ma femme t'a préparé une soupe. En partant, tu viendras chercher une miche de pain.

Ce fut la meilleure soupe que Jaad eût jamais mangée. Elle était épaisse, parfumée au jambon, et bien chaude. Il y trempa, en l'émiettant, une grosse tranche de pain blanc qu'il avait trouvé posée à côté de son assiette. Son estomac le remerciait à chaque cuillerée par un gargouillement sonore. Cela fit sourire la boulangère qui le resservit jusqu'à ras bord de l'écuelle.

À la fin du repas, Jaad la remercia vivement. À sa descente, comme convenu, le boulanger lui fourra une énorme miche dans sa musette, qu'il accompagna d'un morceau de fromage.

Jaad, en s'éloignant, se sentit tout ému d'être tombé sur d'aussi braves gens.

7
Des amis

Le ventre plein, heureux, Jaad déambula dans les artères de la ville, curieux de tout. Il marcha ainsi une bonne partie de l'après-midi. À un moment, il repéra deux garçons d'à peu près son âge qui quémandaient, la main tendue sous le nez des passants. En guise de charité, ils recevaient, au mieux, une bordée d'injures, au pire, un coup de pied qu'ils esquivaient avec agilité. Manifestement ils avaient l'habitude.

Jaad s'approcha.

– Vous avez faim ? questionna-t-il.

– Qu'est-ce que ça peut te faire ? répondit l'un d'entre eux en reniflant.

L'autre le dévisagea d'un air méfiant.

Jaad ouvrit sa musette et arracha deux bons

morceaux de pain frais à la miche donnée par le boulanger. Il en tendit un à chacun.

Avec avidité, ils s'en emparèrent, les lui arrachant presque des mains. Sans un mot de remerciement, ils avalèrent des bouchées aussi grosses que possible, en se dépêchant, comme s'ils avaient peur que Jaad ne reprenne son bien.

Une fois le tout avalé, leur défiance s'émoussa quelque peu. Jaad en profita pour les questionner. Mais avant, il se mit en devoir de leur raconter un pieux mensonge pour justifier sa présence dans cette ville.

– Je m'appelle Jaad et je voyage seul car j'ai été malade pendant plusieurs jours. La caravane de marchands, dans laquelle je me trouvais, ne m'a pas attendu. Depuis j'essaie de la rattraper. J'avoue m'être un peu perdu et ne plus trop savoir où je me trouve. Je n'ai plus d'argent mais seulement cette miche de pain avec un morceau de fromage pour toute fortune. Où sommes-nous ?

Il apprit ainsi qu'il était bien à Norach, capitale du royaume du roi Hodj. Son palais était presque entièrement souterrain excepté la magnifique façade que Jaad avait aperçue en arrivant. Vieux et usé, le roi ne sortait quasiment plus jamais de son immense demeure, depuis la mort de son fils. Le souverain étant désormais sans héritier, la bataille d'influence pour conquérir son trône était engagée.

– Comment vous appelez-vous ? demanda Jaad.

– Moi, c'est Aubin, répondit le plus grand et le plus maigre.

Sa tignasse rousse coiffait un visage émacié grêlé de taches de rousseur. Malgré sa chemise déchirée et autrefois blanche et un pantalon noir usé jusqu'à la trame, il y avait chez Aubin de la prestance, peut-être à cause de son regard vert, pénétrant.

– Moi, c'est Gurffo, s'empressa de dire le plus petit.

Tout le contraire de son ami. Joufflu, le teint mat, les cheveux d'un noir brillant, il souriait de toutes ses dents. Il ne semblait guère traumatisé par sa pauvre condition.

– Où est-ce que tu dors ? demanda-t-il, tout à trac.

– Je ne sais pas, dit Jaad, je viens d'arriver. Je trouverai bien un tas de paille…

– T'inquiète, fit Aubin, suis-nous !

Jaad emboîta le pas de ses nouveaux compagnons. Ils s'aperçurent vite qu'il claudiquait mais ne firent aucun commentaire. Il lui fallut bientôt enjamber un mur, puis, plus loin, se couler dans un trou, ramper dans un passage nauséabond. Enfin ils arrivèrent dans une grotte dont l'ouverture donnait face à la Grande Faille. À l'entrée, le vent soufflait en rafales. Jaad entrevit un tronc passer au ras de la grotte.

Il y avait un feu qui brûlait mais personne autour. Ce n'est qu'au bout d'un certain temps que deux filles sortirent de la pénombre où elles s'étaient dissimulées.

– Qui c'est, celui-là ? demanda l'une d'elles, d'un air brusque.

Des cheveux hirsutes de couleur indéfinissable lui mangeaient les joues. Sa figure et ses vêtements étaient maculés de crasse. Ses sourcils épais et froncés exprimaient la contrariété. Elle se planta devant Jaad, le huma comme une louve prête à lui sauter à la gorge.

– C'est un ami, rien à craindre, s'empressa de dire Gurffo d'une voix enjouée. Il n'est pas de la ville et n'a pas hésité à partager son pain avec nous alors qu'il ne nous connaissait pas.

– Hum ! Je me méfie des étrangers. Il pourrait nous dénoncer et indiquer l'emplacement de notre cachette.

– Rappelle-toi, Rhuna, nous avons tous été un jour un étranger pour les autres, fit Aubin, d'une voix douce mais ferme.

Cette remarque clôtura, provisoirement, le débat sur la présence de Jaad. Même si les filles le regardaient un peu de biais, elles comprirent vite que lui aussi était un paria. Ils s'assirent tous autour du feu et partagèrent leurs maigres provisions. Jaad sortit le reste de son pain et le morceau de fromage. Rhuna se chargea de faire des parts équitables. Chacun mangea le pain frais et craquant comme une gourmandise. Gurffo avoua qu'il mangeait du fromage pour la première fois de sa vie et que c'était drôlement bon.

Le reste du repas consistait en un brouet épais où nageaient des morceaux que Jaad ne put identifier. Il n'osa pas en demander l'origine. Finalement, c'était excellent, et il en fit la remarque aux deux filles. Rhuna lui fit un pâle sourire en guise de remerciement.

À la fin du repas, Aubin présenta Vritte, la plus jeune des filles. Toute menue, les cheveux tressés, une robe en lin, à peine froissée, elle semblait comme une petite fée perdue dans cet endroit sordide. Apparemment elle vouait une admiration sans bornes à Rhuna qui lui servait à la fois de sœur et de mère.

Aubin et Rhuna étaient les chefs incontestés de cette petite communauté. Les parents en quelque sorte. Ils veillaient à ce que chacun soit solidaire des autres. Ce qu'ils pouvaient trouver ou chaparder était mis en commun. Voilà pourquoi Jaad avait tout de suite senti de l'humanité en eux. Finalement lui aussi était heureux d'avoir trouvé une famille. Il se demanda s'il devait leur révéler la vérité sur sa présence à Norach. Au bout du compte, il n'osa rien dire, de peur de perdre leur confiance. Mais il se jura de tout leur racon-ter le plus vite possible.

Spontanément, chacun lui rapporta son his-toire. Gurffo avait été abandonné tout petit devant la porte d'une vieille dame qui l'avait recueilli avec joie. Malheureusement, voici un an, une méchante maladie l'avait emportée. Seul pour la seconde fois, il avait erré jusqu'à ce qu'il ren-contre Aubin. Lui, s'était enfui de chez lui à cause d'un père ivrogne qui le battait sans cesse. Pen-dant des jours et des jours, il avait marché sur les routes pour venir à Norach dans l'espoir d'y retrouver une tante éloignée qui lui avait claqué la porte au nez. Il se débrouillait déjà seul depuis un bon moment avant qu'il ne rencontre Gurffo. C'était lui qui avait trouvé cette grotte. La petite Vritte ne se rappelait plus de rien ! Un beau jour Aubin et Gurffo l'avaient trouvée errant dans les rues sans savoir d'où elle venait. Elle se souvenait juste de son nom. Avait-elle été abandonnée, enle-vée, assommée, droguée ? Mystère ! Mais elle s'en fichait, elle était heureuse d'être avec les autres, même si ce n'était pas rose tous les jours.

Quand ce fut au tour de Rhuna de se raconter, ses yeux noirs devinrent durs comme du granit, ses mains se mirent à trembler. Jaad sentit une grande tension en elle.

Finalement elle se lança :

– Je suis une orpheline, mes parents ont été tués par la foudre qui a mis le feu au toit de chaume de notre maison. Des poutres sont tombées du toit et ont bloqué la porte, ils n'ont pas pu sortir et sont morts brûlés vifs. Ma mère, pour me sauver m'a jetée au dehors, à travers les flammes, par l'unique fenêtre, trop petite pour laisser passer un adulte. J'ai crié, j'ai appelé à l'aide, j'ai tenté d'ouvrir la porte mais c'était trop tard !

D'un geste brusque Rhuna se leva et donna un coup de pied rageur dans les bûches du feu. Un tourbillon d'étincelles monta jusqu'au plafond de la grotte.

– Le feu a été vexé de n'avoir pu m'avaler, dit-elle joyeusement, mais il m'a laissé un petit souvenir.

Elle s'approcha de Jaad, souleva du côté gauche ses cheveux en bataille qui laissèrent entrevoir une large cicatrice lui striant la joue de la pommette à l'oreille. Jaad demeura impassible mais son cœur battait la chamade.

Ce fut la fin de la soirée, il était temps de se coucher.

Rassuré, paisible, Jaad s'endormit bien vite malgré le vacarme du vent, hurlant à quelques mètres de sa couche.

Le visage de Shueva peupla ses rêves les plus doux.

*

Le lendemain, Jaad accompagna ses nouveaux amis dans leurs pérégrinations à travers la ville. Gars et filles se séparèrent pour mieux ratisser les quartiers. Cependant Jaad n'osa pas faire la manche comme eux. Il avait un peu honte. Aubin et Gurffo comprirent ses réticences. Eux aussi, au début, ils n'avaient pas été très fiers de tendre la main.

Finalement, au bout d'un moment, Jaad annonça qu'il allait retourner à la boutique du boulanger afin de voir si celui-ci n'aurait pas quelque travail à lui fournir. Gurffo dit qu'il savait où Jaad allait, et lui assura que la troupe l'attendrait en fin d'après-midi. Ensuite il lui expliqua même le chemin pour s'y rendre.

Le cœur léger, heureux de cette vie nouvelle qui commençait, Jaad marcha d'un pas décidé à travers les ruelles de Norach.

Il retrouva sans problème la boulangerie et pénétra à l'intérieur. Personne ! Il attendit quelques instants puis il entendit des bruits de voix à l'arrière de la boutique. Connaissant les lieux, il se risqua à aller dans la petite cour où il avait coupé du bois.

Il découvrit alors un spectacle qui lui glaça le sang ! Plusieurs hommes, tout de noir vêtus, entouraient le boulanger. À ses côtés, sa femme, terrorisée, se mordait les poings pour s'empêcher de crier.

– Pour la dernière fois, fit l'un des agresseurs, où est-il allé ?

– Je… Je … n'en sais rien, bredouilla le pauvre homme, la bouche ensanglantée.

Il avait dû être frappé à plusieurs reprises.

Soudain, le boulanger aperçut Jaad, qui, pétrifié, se tenait sur le pas de la porte. Il tendit alors un doigt tremblant en direction du garçon.

– Là ! Il est là !

Puis il s'affaissa comme une marionnette dont les fils auraient été soudain cassés.

Les hommes se retournèrent et découvrirent Jaad.

– Vite ! cria l'un d'eux, emparez-vous de lui !

Cet ordre impérieux fit soudain revenir Jaad de sa surprise. C'était après lui qu'ils en avaient ! Il effectua un demi-tour, traversa la boutique et partit en courant dans la rue, une meute d'hommes en noir à ses trousses.

Essoufflé, la jambe douloureuse, il essaya d'échapper à ses poursuivants en tournant tantôt à droite, tantôt à gauche. Mais ceux-ci conservaient l'allure et avaient même tendance à se rapprocher. Soudain un passant, croyant avoir affaire à un voleur, tenta de se mettre en travers de son chemin. Jaad feinta comme s'il voulait passer à gauche puis d'un coup d'épaule passa en force à droite. L'homme tomba à la renverse. Par réflexe, il s'accrocha à un étal de légumes qui tomba sur lui en bloquant le passage. Cela ralentit un instant la course des poursuivants qui durent enjamber cette barricade improvisée, sous les cris de désespoir du marchand.

Surtout ne pas paniquer ! se dit Jaad. Il devait à tout prix ressortir de la ville, retrouver sa samare. Par bonheur, il reconnut une maison devant laquelle il était déjà passé lors de son arrivée.

Il était, sans vraiment l'avoir voulu, dans la bonne direction !

Il repartit de plus belle vers la sortie de la ville. Il fit deux trois crochets pour semer ses poursuivants. Même s'il ne les voyait plus, il entendait leurs pas précipités dans son dos. Soudain il vit un porche entrouvert. Il se faufila dans l'ouverture et retint son souffle. Quelques secondes plus tard, les hommes en noir passèrent en courant sans le voir. Il laissa s'écouler un petit moment puis, après avoir jeté un œil au dehors, repartit en sens inverse, marchant le plus naturellement possible pour ne pas se faire remarquer des autres promeneurs. Sans plus de détours, il franchit bientôt les dernières maisons de la ville, et s'enfonça dans les bois. Il retrouva sans peine son chemin. Il descendit avec précaution jusqu'au piton rocheux. Mais il eut beau chercher il ne trouva pas sa samare.

Rien !

Pourtant il était sûr de l'endroit !

Catastrophé, Jaad s'assit par terre, la tête entre les mains. Au loin, il entendit les hommes en noir qui s'interpellaient en le cherchant. D'ici quelques minutes ils allaient retrouver sa piste et le rattraper, il en était sûr. Impossible de fuir à nouveau. Il était prisonnier sur ce rocher !

Soudain une voix l'appela :

– Alors mon garçon, on abandonne ?

Jaad se redressa vivement. Un homme, dans le vide, planant debout sur un disque de bois, le regardait en souriant !

8
Romand

— Qui êtes-vous ? demanda Jaad, lorsqu'il parvint à articuler trois mots, enfin revenu de sa surprise.

— Le moment n'est guère choisi pour des confidences, répondit l'inconnu. Fichons le camp immédiatement, c'est plus sage.

— Mais je n'ai plus ma samare…

— Prends ceci, fit l'homme en ôtant de derrière son dos un disque identique à celui sur lequel il était juché.

Jaad eut un moment d'appréhension avant de se jeter dans le vide sur ce minuscule cercle de bois. Mais très vite il retrouva les sensations qu'il éprouvait d'ordinaire, perché sur son support végétal. Sous ses pieds, il sentit correctement ses appuis sur le vent, il se laissa glisser, pencha son corps en avant, profita de la vitesse ainsi acquise pour venir s'arrêter tout près de cet étrange individu.

– Pas mal du tout pour un débutant, fit celui-ci.

Cette remarque vexa un peu Jaad, mais il ne répondit pas. Il n'en eut pas le temps. Les hommes en noir apparurent au détour du sentier.

– Là ! cria l'un d'entre eux. Ne le laissez pas s'échapper.

Les autres mercenaires accoururent jusqu'au bord de la falaise. Ils restèrent stupéfaits en apercevant une deuxième personne perchée sur le Vent fou.

– Tuez-les ! éructa leur chef.

Les soldats lancèrent alors de toutes leurs forces leur poignard en direction des fuyards. Avec une dextérité insoupçonnée, l'inconnu évita les lames tranchantes qui le visaient, se déportant de droite à gauche sur son disque. Il poussa même Jaad afin qu'il ne soit pas touché par un trait le pointant. Ils s'éloignèrent rapidement du bord, se mettant ainsi hors de portée des armes de leurs agresseurs. Impuissants, les soudards gesticulèrent un moment, mais finirent par s'en aller.

– Viens ! fit l'inconnu, ne restons pas là. Je sais qui ils sont. Il s'agit de la garde secrète de Tynar. Ils vont sûrement chercher leurs engins volants pour nous poursuivre et nous tuer. Regagnons le bord de la Grande Faille un peu plus loin et cachons-nous.

Quelques instants plus tard, ils étaient à l'abri derrière un petit promontoire rocheux, surveillant les alentours. Peu après, ils virent effectivement les hommes en noir glisser sur les airs, à leur recherche.

– Comment vous appelez-vous ? questionna, une fois le danger passé, Jaad, dévoré par la curiosité.

– Romand…

– Comme mon père ! s'exclama Jaad.

– Que sais-tu de lui ?

– Pas grand-chose, à part son nom. Ce serait un savant disparu, il y a longtemps. Je ne me souviens plus de lui… ni de ma mère, fit Jaad, en baissant la tête, j'étais si jeune. On m'a raconté qu'il serait mort d'un accident, je n'y ai jamais vraiment cru.

– Drôle d'accident en effet, murmura Romand.

– Tu le connaissais ! ?

– Je connaissais cet homme, Jaad…

– … Mais… Mais, comment connais-tu mon nom ?

Romand se mit à rire. Il passa sa main dans les cheveux du garçon.

– Un père se rappelle toujours du prénom de son fils, tu ne crois pas ?

*

— Par tous les habits du Diable, qu'est-ce que c'est que cette histoire ? hurla Tynar aux oreilles de son conseiller. Moosh ne répondit pas. Il laissait passer l'orage.

— Non seulement tes hommes de main sont des incapables, qui laissent s'échapper un gamin boiteux, mais voilà maintenant que l'élite de ma garde n'est pas fichue de faire mieux !

Tynar marchait en long et en large dans son grand bureau tapissé de lourdes tentures représentant des scènes de chasse.

— Pire ! poursuivit-il, aux dernières nouvelles il y aurait un autre individu qui flotterait sur l'air de la Grande Faille. Si cela continue, tout le monde va bientôt se balader dans les vents et mon plan tombera à l'eau. Tu sais qu'il me faut contrôler la circulation dans la Grande Faille pour prendre la tête du royaume.

— Calmez-vous, Monseigneur, osa se permettre Moosh. Je reconnais que la situation est grave mais non désespérée. Face à ces nouveaux éléments, nous devons agir plus vite que prévu, voilà tout. Il y a quelque temps nous nous sommes débarrassés du fils du roi pour que vous ayez le champ libre. Maintenant nous devons simplement prendre le pouvoir sans attendre la mort du roi. Nos adversaires seront tellement surpris qu'ils n'oseront pas s'y opposer.

– Mais quelle légitimité puis-je prétendre pour ce coup de force ? À la mort du roi, que je guette depuis maintenant dix ans, – par tous les dieux, quelle patience ! – j'aurais eu l'excuse de la stabilité du royaume tout entier, mais là ?... Je te rappelle que mes alliés sont bien moins nombreux que mes ennemis. Je ne peux me permettre d'entrer en guerre avec les autres seigneurs. Ce serait trop risqué.

– Il faut mettre en avant l'incapacité du roi à gouverner. On ne le voit plus à aucune assemblée du royaume. Il reste en permanence confiné dans son palais. N'était-ce pas ce que nous recherchions en lui ôtant toute descendance ? Si cela se trouve, il est déjà mort et ses conseillers gardent la chose secrète afin de pouvoir continuer à diriger le royaume.

Tynar se caressa les poils de barbe, il réfléchissait à ce que Moosh, toujours aussi machiavélique, venait de lui soumettre.

– Tu as raison, déclara-t-il brusquement. Il nous faut agir au plus vite avant que notre plan soit éventé.

Les yeux pleins de fièvre et d'ambition, il continua comme s'il faisait un discours :

– Bientôt, tandis que mon armée empruntera la route de la capitale, mes troupes d'élite prendront leur envol. Personne ne nous attendra par les airs !

– Dans deux mois se déroule la grande assemblée annuelle des pairs du royaume. Cette date me paraît judicieuse car tout le monde sera sur place, loin de son fief et du gros de ses troupes, alors que vous…

Les yeux de Tynar se mirent à briller, tellement sa convoitise semblait sans limite.

– Le trône royal est enfin à ma portée, déclara-t-il avec solennité. Plus que deux mois !

Moosh esquissa un sourire carnassier. Son maître avait oublié sa colère…

*

Jaad, assis près du feu, dévorait des yeux ce père qui se trouvait en face de lui. Son visage était doux et émacié. De grands yeux d'un bleu transparent accentuaient une mélancolie qui avait creusé des rides autour de ses joues. Il était grand et rassurant.

Romand regardait son fils, un mince sourire aux lèvres. Il voyait un garçon volontaire qui avait le nez et les yeux de son épouse disparue. Des années de bonheur lui remontaient en mémoire alors que le malheur avait cru les avoir effacées à jamais.

Le cœur de Jaad était près d'éclater, tellement de sentiments s'y mélangeaient. Une fois le danger écarté, ils étaient tombés dans les bras l'un de l'autre, restant ainsi de longues minutes, laissant couler des larmes de bonheur, grosses comme le doigt. Trop d'émotions les submergeaient pour qu'ils puissent parler.

En fin de soirée ils avaient rejoint la grotte cachée de Rhuna et ses trois amis. La surprise avait été totale lorsqu'ils s'étaient présentés à l'entrée de la caverne, flottant au beau milieu de la Grande Faille. Il y eut même un mouvement de panique, avant qu'Aubin ne reconnaisse Jaad qui leur présenta son père.

Mille questions mordaient les lèvres de chacun mais nul ne semblait vouloir commencer. Les regards convergeaient vers Jaad. Finalement celui-ci s'en aperçut et décida de débuter en douceur.

– Je n'avais jamais soupçonné que l'on pouvait revenir en arrière dans la Grande Faille.

Romand sourit :

– Tu as tellement de choses à découvrir encore. Rassure-toi, j'ai longtemps cru que ce n'était pas possible. Mais à force d'observations, j'ai compris qu'il existait plusieurs niveaux de vents. Certains, très violents se heurtent sans cesse aux parois, donnant naissance à des vents ricochets qui repartent dans l'autre sens sur quelques kilomètres, pas plus. Il faut savoir les dénicher et s'en servir à bon escient.

Les autres n'y tinrent plus. Jaad avait entamé la conversation, ce fut un flot de questions.

– Comment peut-on voler ? La Grande Faille est-elle longue ? Y a-t-il d'autres villes ? Êtes-vous les deux seuls à voler ?

– Doucement… ! Doucement ! s'écria Romand en agitant ses mains en signe d'apaisement. Je vais répondre à vos questions.

Mais Jaad n'y tint plus et il osa demander ce que l'émotion lui avait interdit jusqu'à cet instant.

– On m'avait dit que tu étais mort, pourquoi n'es-tu pas revenu me chercher, fit-il, les larmes aux yeux.

Rhuna et ses autres compagnons firent silence. Ils comprenaient qu'il y avait des questions plus importantes que les leurs. Romand répondit d'une voix calme à son fils, alors que ses lèvres tremblaient d'émotion.

– Un caravanier que je connaissais bien m'a affirmé que ta mère et toi étiez morts. Tynar vous ayant fait assassiner tout comme il l'a essayé avec moi, je n'avais plus de raison de revenir. Pour mon compte un miracle s'est accompli…

Il baissa les yeux.

– … un miracle qui s'est transformé en un cauchemar quotidien, car ma vie a été brisée à jamais. Je me croyais définitivement seul, sans goût pour la vie.

Jaad regarda intensément son père mais il ne put rien lui dire tellement sa gorge était nouée. À cause des autres, il se retenait d'éclater en sanglots, de se jeter au cou de ce père qui lui avait tellement manqué. Romand le fixa en souriant. Ils auraient désormais tout loisir de se parler, de se découvrir.

– Mais tout va bien aujourd'hui, déclara Romand d'un ton joyeux. J'ai retrouvé mon fils ! Et ses amis m'ont l'air formidables. Allez, ouvrez vos oreilles, je vais vous raconter la fable du sieur Romand !

Chacun se rapprocha du feu comme pour mieux communier avec ce que le père de Jaad allait dire.

– Nul ne sait comment la Grande Faille, cette bizarrerie géologique, s'est formée, toujours est-il qu'elle entoure notre immense royaume, tel un fossé infranchissable. Fasciné par ce caprice de dame nature, j'ai passé des heures à observer sans relâche les vents qui hurlaient jour et nuit, comme des démons enfermés dans un coffre en fer.

» Un jour, j'ai compris que si le courage ne vous manquait pas, il était possible de voler sur ces bourrasques déchaînées. Les premiers essais furent périlleux mais petit à petit mes efforts portèrent leurs fruits.

Jaad sourit, cela ne lui rappelait que trop bien sa propre expérience.

– Là où j'ai commis une erreur, ce fut lorsque je fis ma première démonstration devant ce maudit Tynar, à l'époque un jeune noble comme moi que je croyais être un frère. Une même nourrice nous avait donné le sein et nous avions passé notre enfance ensemble. Il faut croire que l'amitié rend aveugle. Celui-ci sembla très impressionné. Quelques jours plus tard, il me donna un rendez-vous secret. Son but était uniquement de m'amadouer, tout en s'assurant que je n'avais parlé à personne de mon invention. Il me dit que cette découverte était trop importante et risquait de bouleverser à tout jamais l'ordre établi. Ce que j'admis volontiers, mais lui rétorquai que toute société se doit d'évoluer. Pourtant il sut me convaincre d'attendre un peu. Nous jurâmes ensemble de ne rien révéler à quiconque, même pas au seigneur Guildord, bien vieillissant et qui ne comprendrait peut-être pas cette nouveauté. Plusieurs fois, Tynar me demanda de faire des démonstrations, et d'expliquer comment je m'y prenais pour réaliser cette prouesse, prétextant que lui aussi aimerait voler.

– Que se passa-t-il ensuite ? demanda Aubin, impatient.

– J'ai cette scène gravée à jamais dans ma mémoire. Rien que d'y penser, j'en ai la chair de poule sur tout le corps. Tynar m'a donné rendez-vous dans un endroit désert, au bord de la Grande Faille. Il avait soi-disant des choses importantes à me révéler.

– M'as-tu tout appris ? me demanda-t-il, dès mon arrivée.

– Oui, bien entendu, lui ai-je répondu sans méfiance.

– Parfait, alors tu m'es désormais inutile, m'a-t-il dit. Ce sera moi qui régnerai sur ce fief… et pas toi !

Et sans plus de façons, il m'a poussé dans le vide.

– Ooohh ! s'exclamèrent les deux filles, Rhuna et Vritte, horrifiées.

– Le vent m'a englouti, fait tournoyer tel un fétu de paille. J'avais du mal à respirer, tellement l'air m'écrasait. À force de tourner et retourner, le sang me montait à la tête. Petit à petit je perdis mes repères, persuadé que mon corps allait, d'une seconde à l'autre, se fracasser contre la muraille.

» Soudain j'ai senti quelque chose à portée de ma main. C'était un arbre ! Je me suis cramponné à lui avec l'énergie du désespoir, puis, juste après, j'ai vraiment perdu connaissance. Je ne sais pas combien de temps j'ai dérivé dans l'ouragan. Mais lorsque je suis enfin revenu à la réalité, un deuxième miracle s'était produit. L'arbre était en suspension, tout près de la muraille, on aurait dit qu'il

attendait sagement que je descende pour poursuivre son voyage.

» Ensuite j'ai vécu de longs mois dans la nature,
loin de tout, à l'abri des hommes. Pourtant l'envie de voler m'a vite dévoré les sangs. Ce fut plus
fort que moi, je devais poursuivre mon voyage.
J'ai ainsi fait le tour de la Grande Faille. Et des
dizaines de fois même. C'est magnifique !

Romand parlait, parlait comme si cela vidait
un cœur qui avait trop enduré de misère.

– Il faut comprendre, poursuivit-il, je ne suis
pas un combattant comme Tynar. Les arts et les
sciences m'intéressaient plus que le pouvoir.
Ce que ne pouvait comprendre Tynar, persuadé
que Guildord souhaitait que je lui succède un
jour. En m'éliminant, il gagnait sur les deux
tableaux.

– Il faut combien de temps pour faire le tour ?
demanda timidement Gurffo, sachant qu'il changeait de sujet. Mais sa curiosité était la plus forte.

– Douze jours à peine, répondit Romand. Mais
en passant un minimum de dix heures par journée
sur son disque des vents.

– C'est dangereux ?

– Il faut effectivement faire très attention car,
outre les arbres, il y a une foule de choses qui
volent, même des détritus dont les gens trouvent
pratique de se débarrasser en les jetant dans la

Grande Faille. Mais on découvre des paysages si beaux, si différents dans les provinces du Sud.

– Il y a même des cerfs-volants, déclara Jaad.

– Tu as pu apercevoir ce bel animal voler dans les airs ?

Jaad fit signe que oui.

– Tu as beaucoup de chance. C'est un spectacle rare. L'idée de voler m'est venue la première fois en regardant cette bête se jeter dans le vide. J'ai ensuite compris comment faire en observant les samares.

– Nous aussi on pourra voler ? questionna Aubin, les yeux brillants.

– Pourquoi pas. Tout le monde peut le faire avec un peu d'entraînement. Mais il faut que le roi soit d'accord. Pendant toutes ces années je me suis caché car, seul, je ne pensais pas pouvoir changer le cours des choses. Maintenant que tu es là, Jaad, je me sens bien plus fort.

» Si les gens se mettent à voyager librement dans tous les royaumes, les seigneurs perdront de leur autorité. Voilà ce que Tynar ne peut supporter. Il veut contrôler ce progrès pour mieux régner sur les fiefs et sur leurs peuples. Les hommes de Tynar n'ont pas hésité à vouloir nous supprimer car nous représentons une sérieuse menace. Imagine que nous nous montrions à un large public, tous ses projets tomberaient à l'eau.

– Pourquoi ne pas le faire alors ?

– Je suis malheureusement persuadé que désormais Tynar va agir au plus vite. Il mijote quelque chose avec sa garde secrète et flottante. Plus d'une fois, je les ai surpris en train de s'entraîner dans la région la plus éloignée de son fief.

– Mais qu'a-t-il attendu depuis tant d'années ? Rien ne l'empêchait de mener à bien ses projets !

– Fiston, cela s'appelle de la politique. Parfois il est nécessaire d'attendre le moment le plus propice pour réussir son coup. Tynar n'est pas bête au point d'échouer dans son entreprise pour cause de précipitation. Crois-moi, nous venons de sérieusement bousculer ses projets.

– Ce n'est un secret pour personne, déclara Aubin, que plusieurs seigneurs convoitent la place de notre vieux roi, sans héritier, maintenant.

– Dans deux mois, fit Rhuna, tous les seigneurs seront réunis pour la grande assemblée.

– Mais tu as bigrement raison, s'exclama le père de Jaad. Ah ! Si nous pouvions prévenir le roi, lui qui me semblait si juste avant qu'il ne s'enferme dans son palais. Mais personne ne nous laissera entrer, nul ne croira à notre histoire.

– Tout n'est peut-être pas perdu, dit Aubin, une main dans sa tignasse rouge, en regardant ses amis qui se mirent à sourire…

9
Le roi

— Vous êtes sûrs du chemin ? interrogea Romand qui venait, une nouvelle fois, de se cogner durement la tête contre la paroi rocheuse.

— Sans l'ombre d'un doute, répondit Aubin. Ce n'est pas la première fois que nous empruntons ces souterrains pour nous rendre au palais. Régulièrement, nous visitons les poubelles des cuisines du palais et les trésors que nous y trouvons valent bien ce voyage nauséabond dans les égouts de la ville.

— Atteindre le palais est une chose, fit remarquer Jaad, mais rencontrer le roi en est une autre. J'ai peur que nous soyons transpercés de flèches avant d'ouvrir la bouche.

— Il est trop tard pour reculer ! affirma un peu

brusquement Rhuna qui avait tenu à être aussi du voyage, laissant Vritte à la garde d'un Gurffo boudeur de ne pas être de l'aventure. Nous arrivons bientôt et le jeu en vaut la chandelle. Si Tynar parvient à ses fins, nous n'aurons pas assez de chaque jour pour le regretter.

Jaad reconnut en son for intérieur que Rhuna avait raison. Le rouge lui monta aux joues tellement il avait honte d'avoir émis des doutes quant à leur expédition. Heureusement, dans la pénombre, nul ne vit son trouble.

La troupe aperçut au loin un point de clarté. Il était temps d'éteindre les deux torches qui les avaient éclairés jusque-là.

– Derrière ces éboulis, se trouve une arrière-cour, chuchota Aubin. C'est là que nous venons fouiller les restes des cuisines, jetés dans de grandes jarres qui sont ensuite données aux cochons.

Les quatre amis durent ramper sur les derniers mètres afin de s'extraire de l'étroit boyau. Ils découvrirent, comme annoncé, l'arrière-cuisine, mais aussi une architecture somptueuse, tout entière tournée vers la Grande Faille. Dans cette partie souterraine du palais, c'était elle qui donnait la lumière. Les colonnes et le dallage en marbre brillaient, s'irisant au moindre rayon lumineux qui se répandait à l'infini dans ce décor glacé mais imposant.

— Et maintenant ? demanda Romand, guère à l'aise.

— Montons, répondit Rhuna en désignant un large escalier de pierre, là-haut il y a un jardin, nous aviserons ensuite.

— Comment sais-tu cela ? fit Aubin, l'air soudain soupçonneux.

La réponse à sa question lui traversa alors l'esprit.

— Tu es revenue ici toute seule, n'est-ce pas ? Tu as fouiné partout alors que nous avions interdit aux autres de le faire.

— Personne ne m'a vue ! dit Rhuna d'un ton rude. C'est l'essentiel !

— Ce n'est guère le moment de vous disputer, prévint Romand. Profitons des connaissances de Rhuna et montons voir ce qu'il y a plus haut.

L'adulte et les trois jeunes s'avancèrent à pas méfiants, longeant les murs des cuisines. Ils s'assurèrent qu'il n'y avait personne, puis ils traversèrent à vive allure le hall qui les séparait de l'escalier. Ils grimpèrent les marches en silence.

Après avoir monté deux étages, ils débouchèrent sur une vaste esplanade, belle à en couper le souffle. Le haut du palais étalait toute sa magnificence. Des dizaines de pièces à larges fenêtres disposées en arc de cercle donnaient sur une coursive à hautes colonnes de granit rose. À l'intérieur de ce demi-cercle, un superbe jardin, rempli de fleurs splendides, toutes blanches, rehaussait l'ensemble. Au milieu de ces massifs fleuris, un homme taillait des rosiers.

– Là-bas il y a un jardinier, dit Aubin. Peut-être pourra-t-il nous renseigner ?

Le petit groupe se dirigea vers l'homme qui les regarda s'avancer tout en continuant de couper les roses fanées.

– Que voulez-vous ? demanda-t-il d'une voix douce.

– N'ayez crainte, commença Romand…

– …Mais, je n'ai aucune crainte, répondit-il…

– …Nous voudrions rencontrer le roi pour lui parler d'une affaire très grave. Je sais que la chose n'est pas simple, surtout que nos vêtements ne plaident pas en notre faveur.

– Doit-on juger un homme à son accoutrement ? fit le jardinier. Et de quoi voulez-vous donc discourir avec le roi ?

– La chose doit rester confidentielle, aussi vous comprendrez que je ne peux pas vous l'exposer et que…

Soudain des gardes surgis de nulle part entourèrent les visiteurs, l'arc à la main.

– Halte ! Ne bougez plus ! cria l'un d'eux.

Instinctivement les quatre amis levèrent les mains en l'air.

– D'où sortez-vous ? vociféra l'autre d'un air menaçant.

– C'est peut-être à vous qu'il faudrait poser la question, fit l'homme aux fleurs.

Le chef des gardes blanchit sous la remarque. Il inclina la tête vers le sol en signe d'humilité.

– Seigneur, vous avez raison, je suis coupable d'avoir laissé ces manants s'introduire au palais. Je ne mérite plus votre confiance.

Ébahi le petit groupe regarda la scène avant de comprendre que l'homme qu'ils avaient pris pour un jardinier était en fait leur monarque. À leur tour ils s'inclinèrent très bas, sous le regard amusé du roi.

– Maintenant ce sont mes hôtes, trancha-t-il à l'intention du chef des gardes, dites à mes serviteurs d'apporter des boissons dans mon bureau.

Puis se tournant vers Romand et les enfants :

– Quant à vous, suivez-moi.

*

Assis sur des coussins, raide d'appréhension, chacun se demandait comment allait tourner la conversation. Surtout que le roi, en attendant les rafraîchissements, s'était adressé à Rhuna.

– Je te reconnais, je t'ai aperçue plusieurs fois dans mon jardin, lui dit-il. Tu sentais toutes les fleurs, rampant derrière les bosquets pour ne pas te faire remarquer. Tu m'as même volé une très belle rose.

Rhuna, qui pourtant n'était pas du genre à se laisser démonter, rougit comme une pomme trop mûre pour la récolte.

– Je n'ai rien dit à cause de ta jeunesse. Cela manque dans ces vieux murs. Je n'ai plus d'enfant, encore moins de petits-enfants hurlant à se faire peur en jouant à cache-cache dans ces immensités sans âme.

Un voile de tristesse passa dans le regard du vieux souverain. La douleur d'avoir perdu son fils unique était toujours aussi vive.

– Mais je radote. Alors que me vaut l'honneur d'une visite qui semble être importante face aux risques pris pour parvenir jusqu'ici ?

Romand se mit à parler. Cela dura longtemps, rien ne semblait pouvoir l'arrêter. Il raconta tout. Le vol sur les vents de la Grande Faille, le complot de Tynar, la dureté de leurs conditions. Pas une fois le roi ne l'interrompit. Il hochait la tête par instants, mais n'ouvrait pas la bouche. Romand se tut enfin et regarda son monarque en quête d'une réponse. Le roi les fixa. Il ne vit que sincérité… et gourmandise car Rhuna, Jaad et Aubin avaient la bouche gonflée comme celle des écureuils à force de s'empiffrer des gâteaux appétissants que les domestiques avaient apportés. Il les dévisagea encore un moment et finalement déclara :

– Si vous êtes capables, là tout de suite, de flotter sur le Vent fou, alors je ne mettrai plus jamais votre parole en doute !

*

Quelques minutes plus tard, Jaad et son père se lançaient sans hésitation dans le vide sous les yeux ébahis des gardes du roi. Sur leur étrange monture circulaire, qu'ils avaient emportée avec eux, ils se mirent à glisser sur les vents déchaînés.

Jaad exécuta toutes les figures dont il était capable. Il plongea vers le fond de la Grande Faille pour mieux surfer sur un vent montant qui le propulsa haut au-dessus des spectateurs. Il montra comment s'arrêter net pour flotter sur les airs. Il fit d'autres figures sous l'œil attendri de son père et le sourire du roi. Aubin et Rhuna étaient admiratifs et n'avaient pu s'empêcher d'applaudir l'habileté de leur compagnon.

D'un geste de la main, le roi signifia la fin de la démonstration.

– Très impressionnant, reconnut-il, lorsque Jaad et Romand le rejoignirent sur la terre ferme. Je comprends mieux l'excitation de Tynar. Avec sa garde aérienne, il doit se sentir invincible.

— Chacun devrait pouvoir apprendre à flotter comme nous dans les airs, s'exclama Jaad. Et ainsi pouvoir aller là où bon lui semble dans tout votre royaume.

— Ne nous emballons pas jeune homme ! Votre découverte est surprenante et ouvre bien des perspectives, mais il faut progresser lentement pour ne pas trop déstabiliser les provinces et l'organisation du commerce qui, ma foi, ne fonctionne pas trop mal.

— Alors, vous aussi vous refusez que les gens soient libres, déclara tristement le garçon.

— Holà, comme tu y vas. Je n'ai jamais déclaré que j'étais contre ce nouveau moyen de transport, j'ai seulement dit qu'il faut agir sans précipitation. Je crois avoir montré une ouverture d'esprit en vous recevant, n'est-ce pas ?

Devant la mine impatiente des trois jeunes, le roi poursuivit :

— Nous reparlerons de tout ça très bientôt. Mais je crois qu'il y a des problèmes plus urgents à résoudre. Pour l'instant, vous allez rester ici au palais. Inutile de vous exposer, les espions de Tynar doivent vous chercher dans toute la ville. Personne ne pensera au palais.

— Ce n'est pas possible, déclara Rhuna. Je ne peux pas abandonner Gurffo, Vritte, seuls dans la grotte. Ils ont absolument besoin de moi.

– Qu'ils viennent ici également. Toute cette jeunesse égaiera cette demeure. Mes serviteurs vous donneront des vêtements décents. Et un bon bain ne vous fera pas de mal !

» Quant à toi, Romand, viens avec moi, nous devons rencontrer mes conseillers et mettre un plan de riposte en place.

Dès que les deux adultes, suivis des gardes se furent éloignés, Rhuna laissa éclater sa colère.

– Pouah ! Un bain ! Si j'avais su, jamais je ne serais venue ici !

10
La grande assemblée

Depuis plus d'une semaine la ville de Norach se préparait pour la grande assemblée des pairs du royaume. Toutes les rues étaient pavoisées d'écussons multicolores représentant chacun un fief différent. Certains commerçants avaient repeint leur devanture, d'autres changé l'agencement de leur boutique. Cette cérémonie annuelle rassemblait les seigneurs de tous les fiefs, qui venaient faire allégeance à leur roi. Chacun arrivait avec son escorte et sa cour. Du coup la ville était littéralement envahie d'étrangers. Une immense foire coïncidait avec l'événement, attirant encore plus de monde.

En cette veille du jour officiel, le brouhaha des badauds fut soudain couvert par le cliquetis des armes. Le silence se fit au fur et à mesure qu'une troupe approchait. Des dizaines de soldats avançaient en cadence, parfaitement alignés. Derrière eux, des chariots suivaient, lourdement chargés. Entre les deux, la stature hautaine, sûr de sa force, Tynar se tenait droit sur son beau destrier qui hochait la tête pour se dégager des rênes que son maître tenait trop fermement, lui blessant ainsi la bouche. Tel un conquérant qui pénètre pour la première fois dans un lieu vaincu, il regardait de chaque côté du chemin pour voir si on l'admirait.

Certes, les gens le regardaient, mais aucun ne souriait à son passage. Tynar n'en demandait pas tant. Ce qu'il voulait par-dessus tout, c'était capter l'attention, montrer qu'il était de la race des chefs. Lorsqu'il aurait pris possession du royaume, il saurait faire rentrer dans le rang tous ceux qui auraient l'audace de lui tenir tête.

Le convoi arriva enfin au campement qui lui avait été attribué. Le même chaque année. Tynar avait augmenté sensiblement l'effectif de sa troupe, mais pas trop pour ne pas éveiller les soupçons. Les soldats se tasseraient dans leur bivouac.

Tynar eut à peine le temps de se débarrasser de son armure de cérémonie, que, telle une ombre, Moosh apparut. Pour cette occasion le loup était sorti de sa tanière et s'était tenu caché dans l'un des chariots.

– Tout se déroule comme prévu, Seigneur. Le gros de la troupe campe dans une vallée, à une vingtaine de kilomètres de la ville, et attendra notre ordre pour intervenir. Vos soldats d'élite se tiennent dans la forêt, non loin d'ici, en bordure de la Grande Faille. Ils arriveront en pleine cérémonie.

– J'espère qu'ils seront à l'heure, fit Tynar. Tout doit être minuté avec précision.

– Cela le sera, n'ayez crainte.

– Des craintes j'en ai quelques-unes. Par exemple que sont devenus ce maudit Jaad et cet homme qui flottait avec lui dans les airs ? Comment se fait-il que mes espions aient été incapables de remettre la main dessus. Ils représentent, jusqu'à demain, un danger potentiel.

– Ils ont sûrement quitté la ville pour se réfugier loin, à l'autre bout du royaume. S'ils avaient dû se montrer la chose serait faite maintenant…

– Espérons. Bien ! Révisons une nouvelle fois le déroulement des opérations…

*

Depuis presque deux mois Romand ne quittait quasiment plus le palais du roi Iodj. Celui-ci l'avait rétabli dans son titre de noble et une profonde amitié s'était installée entre les deux hommes.

Jaad et ses amis étaient métamorphosés. À l'exemple de Rhuna qui arriva le premier soir, lavée, parfumée, les cheveux longuement peignés et apprivoisés par une servante qui les avait tressés et ramenés de chaque côté de son visage pour mieux cacher sa vilaine cicatrice. Habillée d'une robe simple avec un col brodé de rouge, elle rayonnait. Ses amis en restèrent bouche bée, tellement elle était belle. Aubin fut ébloui au point de laisser en suspens sa tasse de thé pendant de longues minutes sous le regard amusé des autres convives.

Désormais, les jeunes gens connaissaient le palais comme leurs poches. Gurffo avait ses entrées dans les cuisines tandis que la petite Vritte était devenue la chouchoute de tous les domestiques. Rhuna accompagnait toujours le roi lorsqu'il visitait ses massifs de rose. À chaque fois, il lui offrait la plus belle.

Ce soir-là, la veille de la cérémonie des pairs du royaume, alors qu'ils étaient seuls dans l'antichambre du roi, Romand osa lui demander :

— Mon roi, pouvez-vous me raconter comment votre fils est mort ?

Hodj sursauta, surpris par cette question qu'il trouva incongrue. Mais il ne sentit aucune curiosité morbide de la part de Romand. Il se rappela que celui-ci avait vécu le plus souvent caché dans les bois depuis des années et n'était pas au courant des faits.

– Il… Il s'est pendu, lâcha-t-il dans un sanglot. Mon fils s'est tué et je ne sais pas pourquoi. Il semblait heureux de vivre, épanoui, sans problème apparent. Et puis tout d'un coup, il a décidé de mettre fin à ses jours. Pourquoi ? Pourquoi ? Cela me hante chaque jour, chaque minute, chaque seconde, de ne pas avoir la réponse.

– Comment savez-vous qu'il s'est suicidé ? fit Romand d'une voix la plus neutre possible.

– Mais parce qu'il y avait deux gardes devant sa porte et que celle-ci était fermée de l'intérieur, répondit le roi, cette fois, agacé.

Romand fixa son regard dans celui d'Hodj.

– Et si on l'avait tué pour mieux vous affaiblir ? Quelqu'un venu de l'extérieur.

– Impossible te dis-je ! explosa de colère le souverain. Sa chambre était située tout en haut de la tour est. Personne n'a pu grimper le long des murs extérieurs, trop lisses. Il aurait fallu que ton soi-disant meurtrier sache voler…

Le roi s'arrêta net dans sa démonstration. Il blanchit d'un coup, vacilla sous l'émotion. Romand se précipita et l'aida à s'asseoir, puis il lui présenta un grand verre d'eau.

– Tu… Tu crois que…

– Je n'en sais rien, mais avec Tynar il faut s'attendre à tout, et surtout au pire. Les appartements de votre fils sont face à la Grande Faille. Rien n'empêchait quelqu'un sachant voler d'atteindre directement un des balcons, de s'introduire dans la chambre et de maquiller un meurtre en suicide.

– Maintenant que j'y pense, on a retrouvé son lit en désordre, plusieurs chaises déplacées. Comme si il y avait eu lutte et que quelqu'un ait tenté de remettre les choses en ordre sans en connaître leur place habituelle, balbutia le roi. Mon fils était méticuleux, mais à l'époque on en avait déduit qu'il était très perturbé avant de se donner la mort. Si ce que tu dis est vrai, ce monstre de Tynar a atteint son but. J'ai vieilli d'un seul coup après la disparition de mon fils, ne m'intéressant plus guère aux affaires du royaume, je le reconnais. Maudite engeance ! J'userai mes dernières forces à détruire cette vermine.

– Demain devrait exaucer vos souhaits… et les miens.

*

La foule s'était massée depuis tôt le matin tout autour de l'immense esplanade, bloquée par un cordon de gardes en tenue d'apparat pourpre et noire. Chaque province du royaume avait sa délé-gation bien alignée, devant le palais, avec ses bannières claquant au vent.

Une symphonie de trompettes retentit tout à coup. Les spectateurs sortirent de leur longue attente, et chacun s'anima, regardant à droite, à gauche, se levant sur la pointe des pieds afin de tenter d'apercevoir l'arrivée des hauts dignitaires. Les religieux ouvrirent la marche, suivis ensuite par les seigneurs des fiefs. Tynar était au premier rang de ceux-ci, vêtu d'un somptueux costume de velours vert entièrement brodé de fils d'or. À son flanc droit battait une fine épée au pommeau argenté et incrusté de pierres précieuses. Tout était fait pour rappeler aux autres dignitaires sa puissance et ses intentions à peine voilées.

En paradant ainsi Tynar souriait. Il lisait dans les yeux de ses congénères soit de l'admiration, soit, le plus souvent, une haine contenue. Qu'importe ! Il serait leur maître d'ici quelques minutes et saurait leur faire rendre gorge.

Les seigneurs se rangèrent selon un ordre très précis défini par l'étiquette. Face à l'entrée du palais, chacun attendait.

Le grand chambellan monta les marches, se retourna une fois arrivé sur la plus haute et d'une voix forte prononça la phrase rituelle :

– Je déclare ouverte la grande assemblée des

pairs du royaume. Que ceux qui s'y opposent se fassent connaître !

– Moi, Tynar, Seigneur du fief de Dool, je m'y oppose !

Un oh ! d'exclamation parcourut l'immense assemblée. De mémoire d'homme, c'était la première fois que quelqu'un osait interrompre une telle cérémonie.

Sans hésiter Tynar sortit du rang et monta à la tribune, puis se tourna vers la foule.

– Je m'y oppose, dit-il d'une voix forte, non pas que je remette cette noble assemblée en cause, mais il est de mon devoir d'agir ainsi afin d'éviter à notre royaume de sombrer dans l'anarchie. Hélas, la faute en revient au roi !

Il laissa passer un moment de silence et reprit :

– Ce roi que nous ne voyons plus, ce roi faible, incapable désormais de gouverner et qui, si on n'y prend pas garde, nous fera tous sombrer dans le chaos.

Des murmures parcoururent la foule. Certains hochaient la tête en signe d'assentiment, d'autres, plus incrédules, se demandaient où Tynar voulait en venir. Ils n'eurent pas à attendre bien longtemps.

– Aussi, me jugeant le plus à même de redonner à ce royaume l'élan qui lui fait, aujourd'hui, tant défaut, j'ai décidé que je serais désormais

celui qui vous conduirait à la tête de vos différents fiefs.

Des murmures d'indignation s'élevèrent devant
autant de prétention.

– Tu ne crois pas que ton autoproclamation est
un peu prématurée ? fit une voix ferme.

Chacun tourna la tête à droite de l'estrade pour
découvrir le roi Hodj qui venait de faire son apparition…

11

La confrontation

Trois tourterelles passèrent au-dessus de l'esplanade du palais. Le silence était si impressionnant que, malgré la foule, chacun pouvait entendre le claquement de leurs ailes.

Tynar ne resta qu'un court instant interloqué par l'apparition du roi. En aucune façon, ce n'était l'image d'un vieillard sénile qu'il avait devant lui, mais celle d'un monarque droit, fier, et déterminé. Malgré cela, l'arrogance de Tynar reprit vite le dessus.

– Après tout, votre présence me facilite grandement les choses. Comme cela, nul ne pourra m'accuser de vous prendre en traître. Depuis plusieurs mois, vous n'êtes plus à même de mener à bien la tâche qui vous incombe, c'est-à-dire gouverner ce monde. Aussi, sans aucun plaisir de ma part, croyez-le bien, je me vois contraint de vous destituer et de prendre en main les affaires du royaume.

– À qui la faute ? dit le roi d'une voix assurée. Toi seul es responsable de mon désintérêt subit d'administrer mon peuple, mais c'est désormais du passé.

– En quoi suis-je responsable de votre sénilité grandissante ? rétorqua Tynar, l'œil hargneux.

– Je t'accuse publiquement de la mort de mon fils que tu as lâchement fait assassiner.

– Balivernes ! Cela démontre bien votre incapacité à régner. Tout le monde sait que votre fils s'est suicidé. Peut-être ne supportait-il plus de vivre aux côtés d'un père qui n'a plus tout sa tête ?

Hodj blanchit sous l'insulte, il serra les poings mais ne se laissa pas démonter.

– Tu t'es servi d'un homme-volant pour perpétrer ton horrible forfait.

Tynar éclata de rire.

– Mais écoutez-le. Il délire !

– Un homme-volant comme ceux qui vont arriver dans quelques instants et qui sont à ta solde…

Avant que Tynar puisse répondre quoi que se soit, une cinquantaine de soldats, debout sur des samares apparurent comme par magie du bord de la Grande Faille. Un vent de panique parcourut la foule. Personne n'avait jamais vu d'hommes-volants !

Se sachant démasqué, Tynar comprit que toute la mise en scène qu'il avait patiemment échafaudée avec Moosh, son conseiller, était désormais éventée. Plus question de frapper les imaginations avec les hommes-volants, plus question d'imposer ses vues sur la circulation des personnes à l'intérieur de la Grande Faille. Aussi hurla-t-il, hors de lui :

– Tuez-le ! Tuez-les !

Il désignait du doigt le roi et les autres seigneurs des fiefs.

Un désordre indescriptible s'ensuivit. Des cris d'épouvante s'élevèrent des rangs. Chaque escorte, épée à la main, essayait de protéger son seigneur, mais que faire contre des hommes qui se tenaient en l'air, arc à la main, prêts à tirer leurs flèches ?

L'escorte terrestre de Tynar en profita pour entrer en action. Mais, avant que les hommes-volants de Tynar puissent décocher leurs traits, ils furent pris à parti par des dizaines de soldats, cachés depuis l'aube dans les greniers du palais, qui sortirent de leur cachette et tirèrent aussitôt une bordée de flèches dans leur direction. Plusieurs carreaux atteignirent leur but. Blessés ou déjà morts, ces hommes basculèrent sans cri dans le vide. Les autres réussirent à répliquer et firent des victimes parmi la foule. Des flèches frôlèrent le roi qui resta immobile, ne montrant aucune peur.

Soudain une clameur s'éleva dans le dos des soldats de Tynar. Romand, accompagné d'une trentaine d'hommes, fondirent sur les mercenaires.

Ils arrivaient eux aussi de la Grande Faille, juchés sur des disques en bois. Cette seconde apparition glaça le sang des gens ! Ils ne comprenaient plus rien ! Combien de personnes pouvaient flotter ainsi dans les airs ?

Pris au piège, les hommes de Tynar, qui continuaient à être décimés par les archers du roi, tentèrent de prendre la fuite. Romand et ses compagnons ne leur offrirent aucune chance. L'épée à la main, ils se ruèrent sur les malfrats. Ceux-ci, contraints au combat, laissèrent tomber leurs arcs et brandirent à leur tour leurs glaives. Un corps à corps sans pitié s'engagea.

Pendant ce temps-là, sur l'esplanade, l'escorte de Tynar se trouva écrasée sous le nombre de ses adversaires galvanisés.

Malgré le danger, la foule n'en perdait pas une miette, fascinée par les combats aériens.

Les hommes de Romand effectuaient des manœuvres d'approche très audacieuses grâce à leurs disques de bois plus maniables que les samares. Incroyable ce qu'ils avaient appris en deux mois d'apprentissage intensif ! La lutte dans les airs était féroce. Les épées d'une soixantaine de combattants-volants s'entrechoquaient avec violence, le bruit rappelait celui d'un gigantesque couteau du boucher aiguisé sur un énorme rocher de pierre ponce.

Romand se révéla être une fine lame. Il fut le premier à toucher son adversaire qui tomba comme une masse sur les pavés de l'esplanade dans un son mat. Mort !

Un des compagnons du père de Jaad se trouva soudain en difficulté face à deux combattants déterminés. Tant bien que mal, il parait les coups. Encore quelques secondes et il tomberait sous la lame de l'un d'entre eux. Avant que Romand ne se rende compte de la situation et qu'il tente d'intervenir, il aperçut son fils ainsi qu'Aubin surgir de nulle part, un grand filet tendu entre eux deux. Romand eut un sourire aux lèvres. Voilà ce que son cachottier de fils faisait depuis des semaines en disparaissant des heures avec son ami : il lui avait appris à voler !

Sans crier gare, les deux garçons volèrent à toute vitesse de part et d'autre des soldats de Tynar. Ceux-ci furent fauchés de leurs samares et empêtrés dans les mailles du filet. Jaad et Aubin continuèrent sur leur lancée jusqu'à la terre ferme.

Des soldats du roi se précipitèrent pour s'emparer des malfrats encore ficelés comme un vulgaire paquet.

En peu de temps, huit soldats de Tynar furent abattus, et aussitôt engloutis par les vents. Les autres, jugeant la partie perdue, jetèrent alors leurs armes dans le précipice pour bien montrer qu'ils abandonnaient toute résistance. Encerclés ils se résolurent à atterrir sur la grande esplanade où ils furent immédiatement faits prisonniers.

Romand toucha le sol à son tour. Il eut un signe en direction de son fils qui releva la tête de fierté. Puis il se tourna vers Tynar.

– Je crois que ton orgueil vient de te perdre.

Tynar fronça les sourcils. Son esprit refusait d'admettre ce que ses yeux lui montraient. Il était désormais seul au milieu d'une foule hostile, mais il n'était pas au bout de ses surprises.

– Non… Non, ce n'est pas possible ! Romand, mais tu es mort depuis des années !

– Tu as tout fait pour, mais le destin en a décidé autrement. Oui je suis bien le Romand que tu as poussé dans le vide. Je suis bien celui dont tu as sacrifié l'épouse et maintenu le fils dans le dénuement le plus total.

Soudain, alors que rien ne le laissait présager, Tynar arracha l'épée d'un des soldats du roi et se rua en hurlant en direction de Romand.

Le roi leva un bras pour empêcher toute réaction de ses gardes et archers.

– Maudit Romand, cette fois je vais vraiment me débarrasser de toi !

Leur engagement ressemblait au combat qui oppose quelquefois deux cerfs. Romand arrêtait les coups donnés sans relâche par un Tynar, noyé dans sa fureur. Le père de Jaad était obligé de reculer devant les terribles assauts de son adversaire. De fait il se rapprochait dangereusement du bord de l'abîme. Il comprit bientôt la sournoise manœuvre de Tynar qui, une nouvelle fois, exprimait là tout son art de la traîtrise. D'un coup Romand rompit l'attaque et se positionna parallèlement à la Grande Faille. Cela lui permit de reprendre l'initiative du combat. À son tour il attaqua charge sur charge, contraignant Tynar à reculer. Puis, il porta une botte que lui avait apprise son vieux maître d'armes. Il frappa du plat de la lame l'avant-bras de son adversaire. Celui-ci, se sentant touché, baissa instinctivement les yeux. Romand en profita pour asséner un formidable coup montant. L'épée de son adversaire vola dans les airs avant de retomber hors de portée de main. Désarmé, encerclé par les soldats du roi, menacé par l'arme de Romand, Tynar rugit d'impuissance. Cette fois, il était définitivement perdu !

Mais son orgueil fut encore une fois le plus fort. Dans un cri de désespoir il bondit en avant, ceinturant Romand surpris de cette attaque. Ensemble ils basculèrent dans le vide sous les yeux ébahis de la foule.

Jaad fut le premier à réagir.

– Père ! hurla-t-il.

Sans hésiter une seconde, il prit son élan, courut vers le précipice, lança devant lui son disque de bois, grimpa dessus et disparut vite dans le gouffre hurlant.

Non ! Tynar ne me privera pas une seconde fois de mon père !

Il ne lui fallut que quelques secondes pour apercevoir, sur sa gauche, loin devant, deux minuscules silhouettes qui tourbillonnaient ensemble, prises dans les bourrasques. Jaad se força à retrouver son calme afin d'agir le plus lucidement possible. Il n'avait pas le droit à l'erreur. Il devait trouver rapidement un vent porteur qui le rapprocherait de son père. Il affermit ses appuis sur le disque, plia légèrement les genoux pour trouver une position aérodynamique et se lança à travers les tornades. Il trouva un bon vent, un passe-tempête comme disait son père qui lui avait transmis ses précieuses connaissances en la matière. Jaad prit de la vitesse, effectua de spectaculaires slaloms entre des branches d'arbres et des cailloux. Il vit peu à peu les deux humains se rapprocher de lui. Tynar et son père étaient toujours étroitement liés, comme si la haine les soudait définitivement.

– Père ! hurla de nouveau Jaad, maintenant tout près.

Les deux hommes aperçurent le jeune garçon. Ils comprirent immédiatement l'objet de sa venue. Un combat à mains nues s'engagea. Romand voulut se séparer de Tynar. Plus fort physiquement, ce dernier parvenait à entraver les bras de son adversaire.

Chaque seconde qui passait était autant de souffrance pour Jaad. Il savait que plus ils s'enfonçaient dans la Grande Faille moins son père et lui auraient de chance de pouvoir retrouver un vent ascendant. Aussi il essayait de se rapprocher au maximum des deux hommes, tendant en vain la main vers son père.

– *Ne pleure pas ! Tu vas réussir !*

Un morceau de bois, arrivé par-derrière, lui griffa l'épaule. Jaad se mordit les lèvres de douleur, mais il eut le bon réflexe de l'agripper. Vite, il cassa d'un coup sec une branche. Puis il se laissa glisser au plus près de Tynar. Avec cette arme improvisée, il frappa l'homme qu'il haïssait tant avec toute la force possible sans être déséquilibré. Le coup porta sur l'épaule de Tynar. Celui-ci hurla desserrant un bref instant son étreinte. Romand en profita pour dégager une main. Puis il recroquevilla ses jambes et les projeta dans le ventre de son adversaire. Tynar ne put que lâcher prise. Il s'éloigna de Romand et de Jaad, hurlant son impuissance.

– Soyez maudits ! cria-t-il une dernière fois avant d'être happé par un tourbillon qui l'entraîna vers les profondeurs de la Grande Faille, là où les flots de l'immense mer donnaient naissance au mur d'écume.

Sans perdre de temps, Jaad parvint jusqu'à son père qui s'accrocha le plus doucement possible à son disque de bois. Leur poids était maintenant énorme par rapport au portant de leur engin. Centimètre par centimètre, Romand réussit à grimper et à se mettre debout. Collés l'un à l'autre, ils devaient à tout prix trouver un courant ascendant.

– Il faut que nous coordonnions nos gestes, tu es prêt ?

– Prêt ! répondit Jaad avec confiance.

Ils sentirent une rafale plus forte que les autres, qui les souleva sans grand ménagement. Par bonheur sa trajectoire était montante, elle les faisait grimper !

Au bout de quelques minutes ils prirent leurs marques et de l'assurance. En tandem ils retrouvèrent leurs réflexes habituels. Jaad rayonnait de bonheur. Accroché à son père, il avait l'impression, avec la mort de Tynar, de sortir d'un cauchemar. Il pensa, à ce moment-là, très fort à sa mère qui devait les voir depuis les cieux, il en était sûr.

– *Maman ! Nous sommes tous ensemble maintenant !*

Romand et Jaad sautèrent d'un courant d'air à l'autre, se rapprochant chaque fois un peu plus de la surface. Se sachant sauvés, ils empruntèrent un ultime vent arrière qui les ramena à leur point de départ.

– Les voilà ! hurla une voix au bord de la Grande Faille.

Ils apparurent soudain aux yeux de la foule qui n'avait pas quitté les lieux attendant leur retour dans l'angoisse. Un tonnerre d'applaudissements et de cris de liesse salua leur arrivée. Aubin, Rhuna, Gurffo et Vritte se précipitèrent à leur rencontre en hurlant de joie.

Le roi, tout sourires, prit Romand par les épaules.

– Tu peux être fier d'avoir un fils aussi courageux !

Romand passa la main dans les cheveux de Jaad et hocha la tête en signe d'assentiment.

– Vive Jaad ! s'exclamèrent ses amis, en le portant en triomphe.

Dans un coin de la grande place, Jaad aperçut un homme, prisonnier d'un filet.

– C'est Moosh, l'homme de confiance de Tynar, lui hurla Aubin dans les oreilles. Monsieur tentait de fuir en douce, mais, Gurffo et moi, l'avions repéré, alors nous nous sommes occupés de lui.

Cela fit rire tout le monde.

– Il nous reste à régler au plus vite le cas de l'armée que Tynar a cachée non loin d'ici, fit le roi. Je ne souhaite aucune violence. J'aimerais qu'il en soit ainsi. Peux-tu te charger de cette mission délicate ?

– Je m'en occupe avec mes hommes, répondit Romand. Pour plus de sécurité, il serait tout de même judicieux que toutes les délégations marchent vers cette armée, au cas où j'échouerais dans ma négociation.

– Que les dieux du Vent fou te gardent…

– Nous allons avec toi, fit Jaad d'un ton qui n'admettait aucune réplique.

Désormais il ne se séparerait plus jamais de son père !

Épilogue

Jaad et Shueva étaient assis sur leur rocher favori, l'énorme qui surplombait la Grande Faille.

– Je n'arrive pas à y croire, dit la jeune fille. Il y a quelques mois tu n'étais qu'un pauvre valet, souffre-douleur des autres, et aujourd'hui tu es le fils du seigneur Romand, administrant notre fief à la place de ce méchant Tynar. On dirait un conte.

– Mais c'est un conte ! Une histoire fantastique comme on en raconte aux plus jeunes ! Même ton père est maintenant tout sourires avec moi. La vie réserve bien des surprises, parfois des mauvaises parfois des bonnes. Celle-ci est magnifique ! s'emporta Jaad.

– Peut-être pas tant que ça, fit Shueva d'une toute petite voix.

– Qu'est-ce que tu racontes ?

– Tu es un prince maintenant…

Jaad regarda Shueva dont les joues venaient de se colorer en rouge. Elle était belle… habillée comme un homme ! Indispensable tout à l'heure. Elle s'était quand même fait une guirlande de fleurs qui mettait en valeur la blancheur de sa peau. Il lui sourit et prit sa main.

– Parce que tu crois que cela va changer mes sentiments à ton égard ? Sans toi, je ne me serais pas tant accroché à la vie, crois-moi. Pendant mon voyage, je n'ai cessé de penser à toi. Sans ton amitié, je ne serais pas là aujourd'hui.

– Et ton *amitié* est-elle aussi forte que la mienne ? fit Shueva en le regardant droit dans les yeux.

Ce fut au tour de Jaad de rougir d'un coup.

– Je… Oui… Bien sûr…

Shueva eut un petit sourire mutin. Elle s'approcha doucement de son visage et déposa un baiser sur ses lèvres.

Jaad faillit tomber du rocher, tellement son cœur virevoltait comme une samare prise dans un vent de folie.

Shueva le tira par la main, pour le sortir du rêve dans lequel il semblait s'être abîmé.

– Allez, viens ! Apprends-moi encore à voler !

Ils sautèrent à bas du rocher et se précipitèrent vers l'endroit où ils avaient laissé leurs disques de bois. Jaad en prit un sous le bras, lança l'autre sur le vent porteur et s'élança dans le vide. Après une ou deux cabrioles il revint près du bord, puis il posa le second disque avec précaution sur un courant d'air stable. L'engin tourna lentement sur lui-même.

– Vas-y Shueva, tout doucement comme je t'ai expliqué.

La jeune fille marqua un temps d'hésitation. Elle n'arrivait pas encore à vaincre son appréhension. Jaad lui tendit une main et l'encouragea du regard. Shueva reprit confiance face à celui qu'elle aimait. Elle sauta d'un mouvement gracieux sur le disque de bois qui s'enfonça légèrement sous son poids pour remonter aussitôt.

– Sens les choses. Ne te préoccupe pas du vide. Le mieux serait que tu fermes les yeux et que tu te laisses guider par moi, mais aussi par ton corps. C'est lui qui doit ressentir tout changement du vent.

Shueva obéit à Jaad. Elle ferma les yeux, serrant un peu plus fort sa main.

– Laisse-toi conduire…

Tous les deux, ils s'écartèrent doucement du bord, prenant un vent qui les emmena vers le milieu de la Grande Faille. Puis ils plongèrent dans le gouffre. Shueva poussa un petit cri, mais continua à faire confiance à son guide. Peu à peu, elle saisit le courant qui la portait. À chaque changement d'intensité, ses muscles réagissaient immédiatement afin de conserver son équilibre. La joie l'envahit, alors seulement elle osa ouvrir les yeux. Jaad la félicita.

– Bien ! Continue. Monte ! Descends ! Tourne ! Accapare-toi les vents !

Cette fois complètement rassurée, elle lâcha la main du jeune prince et se mit à évoluer toute seule. Une sensation de liberté la submergea. Elle sourit, puis elle éclata de rire. Jaad, tellement heureux de la voir ainsi, hurla sa joie et effectua des pirouettes et des loopings.

Enfin, après quelques minutes de bonheur intense, ils revinrent vers la terre ferme, main dans la main.

– Alors les amoureux, on convole ?

Jaad aperçut avec surprise Aubin, Rhuna, Gurffo, et Vritte, sagement assis au bord de la Grande Faille, et qui les attendaient.

– Mes amis ! Que faites-vous là ? s'exclama Jaad

– On avait envie de te dire un petit bonjour, répondit Vritte.

– Incroyable ! Par tous les dieux du Vent fou, quelle surprise ! Shueva, je suis fier de te présenter mes « passe-vents » préférés !

La jeune fille salua les visiteurs :

– Je suis enchantée de vous rencontrer. Jaad

m'a tellement parlé de vous que je crois vous connaître depuis des lustres.

– Alors quoi de nouveau depuis mon départ de Norach ? fit Jaad, très impatient.

Aubin prit la parole :

– Tu sais, tout a été très vite une fois que ton père a rejoint l'armée de Tynar. Grâce à Moosh, ficelé comme un vulgaire jambon, les soldats ont compris qu'ils n'avaient aucune chance de vaincre. Et comme la plupart n'aimaient guère ce tyran, ils se sont vite laissés convaincre de déposer les armes.

– Je sais, mon père les a amnistiés et nous sommes revenus ici en vainqueurs, avec l'ensemble de l'armée. Mais le roi ?

– Hodj rajeunit chaque jour. Sa popularité est immense.

– Il se sent tellement jeune qu'il veut reprendre une épouse afin qu'elle lui donne un bel héritier, dit Rhuna en riant.

– Alors et vous ?

– Nous ne voulions pas rester indéfiniment au palais. Premièrement ce n'est pas notre place, même si le roi était très heureux que nous y soyons, deuxièmement nous sommes trop habitués à être libres. Du coup nous avons décidé de faire le tour du royaume.

– Troisièmement plus besoin de prendre un bain par jour ! fit Aubin, on ne peut plus sérieux.

– Le roi nous a alors nommés ses ambassadeurs-volants, continua Rhuna. À charge de montrer aux habitants proches de la Grande Faille la douce révolution qui va se mettre en place.

– Le roi accepte donc que les gens volent ? demanda Jaad, plein d'espoir.

– Bien sûr ! Je crois qu'il ne pouvait plus trop faire autrement après que toute la capitale et les délégations eurent assisté au combat aérien. Et puis je pense sincèrement qu'il a envie que son peuple circule librement.

– De toute façon, fit Aubin, les caravanes des marchands perdureront. On ne peut pas transporter grand-chose dans les airs.

– Pas si sûr, répondit Jaad. Avec mon père nous avons l'idée qu'il serait peut-être possible d'installer des sortes de filets qui récupéreraient des marchandises jetées dans la Grande Faille. Mais à mon avis il faudra des années pour que cela soit au point. À commencer par un sérieux nettoyage des arbres et des rochers qui sont autant de dangers potentiels en tourbillonnant dans les airs. Il est envisagé de mettre sur pied une expédition scientifique afin de dresser une carte des vents.

– Les choses iront plus vite que tu ne le crois. À Norach, il existe déjà trois écoles pour apprendre à voler. Bientôt dans tout le royaume, les gens voudront voyager sur les airs.

– Nous, on en profite pendant qu'il y a encore personne, dit Gurffo.

Cela fit rire tout le monde.

– Venez avec nous, s'exclama Rhuna. Ce serait chouette !

Jaad regarda Shueva qui hocha la tête tout sourires.

– C'est une excellente idée. J'en meurs d'envie. Nous nous arrêterions à Norach, rendre visite au roi.

– Il nous a dit qu'il comptait venir dans votre province assez rapidement. Mais il prendra la route. Trop vieux pour les airs, a-t-il affirmé !

– Allez, venez ! insista Rhuna.

Jaad esquissa une petite grimace en direction de Shueva.

– Mais mon élève me retarde dans ce projet. Elle n'est pas encore prête.

– Dis-donc ! Je m'applique du mieux que je peux, mais mon professeur n'est pas très doué !

Ils éclatèrent de rire, suivis bientôt par leurs amis.

– La vérité est plus simple. Mon père est très occupé et il m'a demandé de superviser la création d'écoles pour les enfants du fief. Il pense que chacun a droit à la connaissance. Ce n'est pas facile à mettre en place, car nous nous heurtons aux vieilles croyances qui affirment que se remplir la tête de savoir ne sert à rien pour garder les bêtes. Mais les choses avancent peu à peu, nous gardons bon espoir que tous les filles et les garçons pourront, au moins une fois par semaine, venir en classe. D'ailleurs nous donnons l'exemple en y allant chaque jour.

Jaad regarda ses amis et leur moue le fit sourire. Sûr que l'école n'était pas leur priorité !

— Mais au fait, j'y pense, vous allez pouvoir répondre à une question que j'ai oublié de poser à mon père. En faisant le tour du royaume, peut-on apercevoir l'autre côté du mur blanc ? questionna Jaad dévoré par la curiosité.

Le visage d'Aubin s'éclaira.

— Je reconnais bien là ton esprit scientifique. Désolé de te décevoir mais non. Partout on ne voit pas mieux qu'ici.

Jaad était un peu déçu de la réponse d'Aubin, mais l'envie de faire lui aussi la grande boucle était plus forte que jamais. Il irait voir ça de ses propres yeux.

— Allez les passe-vents, venez ! Retournons au château, mon père sera très heureux de vous revoir.

— C'est vrai que Môssieur est maintenant un prince, fit Gurffo moqueur.

— Bien sûr, et dès notre arrivée, fais-moi penser de te faire visiter les oubliettes !

Table des matières

Alain Grousset

L'auteur

Alain Grousset naît en 1956, dans la Creuse. Très tôt, il développe une passion dévorante pour la science-fiction. Collectionneur acharné de livres, mais aussi de jouets, il devient un connaisseur du genre, signe de très nombreux articles et critiques, notamment dans le magazine *Lire*, et corédige un *Dictionnaire de la science-fiction*. Son premier roman pour la jeunesse, qui paraît en 1990, est plébiscité par le public et reçoit le Grand prix du ministère de la Jeunesse et des Sports. Depuis, il en a écrit plus de cinquante, souvent en collaboration avec Danielle Martinigol.

Du même auteur chez Gallimard Jeunesse
La Guerre des livres
Les Pierres de Foudre
Les Dévisse-Boulons

Manchu

L'illustrateur

Manchu naît en 1956 à Cholet. À douze ans, il tombe amoureux de la science-fiction en voyant *2001 : L'Odyssée de l'espace*, le film de Stanley Kubrick. Plus tard, il commence son métier de dessinateur en participant à l'élaboration des vaisseaux pour la série animée *Ulysse 31*. Puis, il illustre de très nombreuses couvertures de romans, ainsi que des travaux d'astronomie et d'astronautique pour le magazine *Ciel et espace*. Il est aujourd'hui l'un des plus célèbres illustrateurs de la planète SF.

Découvrez d'autres
mondes fantastiques

---

dans la collection

**FOLIO ★
JUNIOR**

L'ÉLUE

---

n° 1208

Dans un monde archaïque et violent qui rejette les faibles, Kira ne doit sa survie qu'à son don exceptionnel pour la broderie. Le Conseil des Seigneurs l'a choisie pour restaurer et achever la fabuleuse Robe sur laquelle est inscrite toute l'histoire de son peuple. Mais il lui faudra auparavant, avec l'aide du petit Matt, résoudre d'inquiétantes énigmes et retrouver le secret de la couleur perdue...

LE VENT DE FEU - I
LES SECRETS D'ARAMANTH

William Nicholson

n° 1206

Dans la cité d'Aramanth, chacun, homme, femme ou enfant, ne vit que pour les périodiques examens qui garantissent à l'individu bien-être matériel et promotion sociale en cas de réussite – ou le condamnent à la pauvreté et au mépris général en cas d'échec. Le jour où Kestrel se rebelle contre ce système, c'est toute sa famille qui est châtiée et humiliée. L'adolescente et son frère jumeau, Bowman, sont obligés de fuir Aramanth, à la recherche de la clef du mystérieux Chanteur de Vent, dont la seule voix pourrait restaurer le bonheur et l'harmonie dans la ville. Ils vont tenter de découvrir la source du mal qui ronge leur cité. Pour cela, il leur faudra affronter le pouvoir du terrible Morah…

Mise en pages : Maryline Gatepaille

Loi n° 49-956 du 16 juillet 1949
sur les publications destinées à la jeunesse
ISBN : 978-2-07-064607-4
Numéro d'édition : 560785
Premier dépôt légal dans la même collection : juin 2012
Dépôt légal : février 2023

Imprimé en Espagne par Novoprint (Barcelone)